앞으로
좋은 일만 있을
나에게

현재의 나쁜 일은 지나가고

아이얼원 지음 | 이보라 옮김

앞으로
좋은 일만 있을
나에게

유노
북스

당신이 잘 지내는 건,
당신이 아름다운 것을
보려 했기 때문이다

"그때 다른 선택을 했다면 모든 게 지금보다 나아졌을까?"

나는 꽤 오랫동안 이 문장으로 나를 부정했다. 안정적인 직장인으로 지내면서 왜 즐겁지 않은 삶을 사는 건지, 왜 원하는 삶을 살지 못하는 건지 불평하며 종종 후회란 바다에 빠지곤 했다. 어디서부터 시작된 후회인지 나는 알지 못했다.

아침엔 침대에서 일어날 기력이 없었고, 밤엔 소파에서 엉덩이를 뗄 힘이 없었다. 낮엔 반복된 업무를 수습했고, 밤엔 지친 몸을 이끌고 밤늦게 귀가했다. 내게 삶은 공중에 떠 있는 자전거 페달을 밟는 것과 같았다. 죽어라 페달을 밟아도 언제나 제자리인 기분이었다.

그때 나는 다른 길을 선택하지 못하고 용기 내지 못한 자신을 질책하며 많은 후회를 남겼다. 해야 할 말을 하지 못하고, 기회가 왔을 때 최선을 다하지 못했다. 나를 지키기 위한 말 한마디도 제대로 하지 못하고, 선택의 갈림길 위에서조차 마음의 소리를 외면해 버렸다.

사실 그땐 내 인생이 절망적이라고 생각하진 않았다. 다만, 앞으로 남은 생을 사랑하긴 어렵겠다고 생각했다. 나는 늙을 때까지 재미없는 일을 해야 하는 운명을 타고난 사람 마냥 활기 없는 삶을 살았다.

매일 아침 긴 휴가를 떠나고 싶다고 생각했다. 긴 휴가를 떠나 혼란스러운 마음을 가라앉히고 싶었지만 막상 떠날 용기는 없었다. 수많은 밤을 지새우며 퇴직을 생각했지만 행동으로 옮길 결심은 서지 않았다.

그날의 사고가 없었다면 나는 내 일에 대한 열정을 잃고, 단조로운 삶을 살아갔을 거다. 그럼 지금도 후회의 바닷속에서 살고 있었을지 모른다. 그날의 사고를 말하기에 앞서, 나는 당신과 후회에 관한 얘기를 나누고 싶다. 당신은 나쁜 일 때문에 계획했던 삶을 멈춘 적이 있는가? 미래를 향해 발걸음을 내디뎌야 한다는

당신이 잘 지내는 건, 당신이 아름다운 것을 보려 했기 때문이다

걸 잊고 인생의 가능성을 놓치진 않았는가?

당신은 누군가의 생각 없이 내뱉은 말 한마디에 오랫동안 괴로워하다 오해를 풀지 못했을지도 모른다. 의지와 다르게 좋지 않은 일에 휘말려 가족에게 외면당했을지도 모른다. 별다른 이유 없이 인생을 탐험할 열정을 잃어서 예전처럼 에너지 넘치는 삶을 살지 못할 수도 있다.

그랬다면 당신은 눈앞에 놓인 길을 선택한 자신을 의심하고, 지금 하는 일을 긍정적인 태도로 받아들여야 할 이유를 찾지 못한 채 이런 생각만 반복했을 거다.

'다시 기회가 생긴다면 지금보다 나은 삶을 살 수 있지 않을까?'

이런 생각들이 일으킨 부정적인 감정은 당신이 한눈 판 사이 조금씩 당신의 마음을 잡아먹기 시작한다. 당신의 마음을 잡아먹는 먹구름은 신경 쓰지 않으면 지나가기 마련이다. 하지만 어떤 것들은 지나가지 않고 마음속 깊은 곳으로 숨어든다.

그러다 쌓였던 감정이 폭풍우처럼 몰아치는 날이 오면, 나쁜 감정은 당신의 미래를 휘두를 수밖에 없다.

슬럼프에서 쉽게 빠져나오는 사람은 드물다. 빠져나오려고 할수록 더욱 깊게 빠져들기 때문이다. 그렇다고 억지로 긍정적인 태도를 취하며 과거를 이겨 내려는 노력이 꼭 도움이 되는 것은 아니다. 차라리 이를 기회로 자신과 깊은 대화를 나누거나 조용히 폭풍우가 지나가기를 기다리는 편이 낫다.

내 인생을 바꾼 그 사건이 일어났을 때 큰 두려움이 날 덮쳐 왔다. 마치 망망대해를 표류하는 것처럼 두려웠다. 그때 나는 아무리 지우려 해도 지워지지 않는 새까만 밤을 만났다. 앞을 봐도 나아가야 할 방향이 보이지 않았다.

그저 그 밤이 지나가길 기다렸고, 그때 나 자신을 사랑하는 힘을 되찾았다. 그렇게 나는 어둠 속에서 걸어 나왔다. 그리고 당신도 그렇게 할 수 있으리라 믿어 의심치 않는다.

나를 알거나 내 글을 읽은 경험이 있는 사람이라면 내가 재테크에 관한 글을 쓴다는 걸 알고 있을 거다. '재테크'란 단어를 떠올리면 질서정연한 숫자와 이성적이고 논리적인 분석이 떠오를 거다. 많은 사람이 알고 있는 내 모습은 그게 맞다.

하지만 개인적인 삶 속에서의 내 모습은 사람들이 생각하는 것보다 훨씬 감성적이다. 나는 바다를 보면 감탄하고, 석양을 바라보면 사색에 잠기고, 잔잔한 바람이 불어오면 눈을 감아 바람을 느끼고, 별똥별을 보면 누구보다도 기뻐 날뛴다. 매년 가을이 되면 이유 없이 슬퍼지고, 때론 너무 감성적으로 변해 그 기분에서 빠져나오지 못할 때도 많다.

이런 성향 덕분에 나는 타인의 얘기를 잘 경청하고 그들이 진짜로 원하는 게 뭔지 잘 알아채는 편이다. 그리고 어떤 일에 대한 내 생각을 주의 깊게 관찰한 후 이를 성장의 씨앗으로 삼아 더 멋진 내가 되려고 노력한다. 나는 이 책을 통해 당신에게 더 멋진 인생을 사는 방법을 알려 줄 생각이다.

2014년 연말이었다. 나는 매주 일요일 밤에 재테크가 아닌 다른 주제의 글을 공유하기 시작했다. 대부분 일상에서 느끼는 감정에 관한 내용이었고, 그중 몇몇은 인생에 대한 내 생각이었다.

나는 평소와 다른 내용의 글을 올리며 많은 사람과 깊은 밤을 함께했다. 따뜻하고 긍정적인 글이 현실적인 고민을 조금이나마 해소해 주길 바랐고, 내 글을 읽는 수많은 사람이 걱정을 떨치고 앞으로 나아갈 힘을 되찾아 더 나은 자신이 되어 내일을 맞이하길 바랐다.

내가 인생에 관한 글을 쓰려고 마음먹은 건 인생의 선택에 관한 질문을 수없이 받았기 때문이다. 어떻게 좋은 직장을 고를지, 어떻게 연인과의 사이를 풀어 나가야 할지, 어떻게 회사 사람들과 어울릴지, 어떻게 자신을 믿는지, 어떻게 나 자신도 좋아할 만한 내가 되는지에 관한 질문들이었다.

그 질문 속에서 나는 과거에 내가 겪은 인생의 방황을 봤다. 내가 느꼈던 감정을 공유해야겠다는 생각에 독자들의 친구가 되어 인생에 관한 글을 더 많이 공유했다.

내 글에 공감하는 사람은 점점 늘어났고, 나는 많은 독자에게 피드백과 격려를 받았다. 그뿐만 아니라, 내가 원하는 미래를 향해 전진하길 바란다는 응원의 메시지를 받기도 했다. 지금 내가 이 책을 통해 당신을 응원하려는 것처럼 말이다.

나는 이 책에서 당신에게 말하고 싶다. 오늘 일어난 불행을 내 인생의 운명이라고 생각하지 마라. 당신이 쓰러지지만 않는다면 나쁜 일엔 언제나 유효기간이 있다. 하지만 계속 휘둘린다면 나쁜 일은 잠깐이 아닌 평생이 될 거다.

분명한 건, 내가 인생의 중심이 되면 나쁜 일은 언젠간 지나간다. 멈추지 않고 앞으로 나아가기만 한다면, 나쁜 일은 당신에게서 점차 멀어져 가고 좋은 일이 당신을 찾아올 거다.

그날 일어난 사고처럼 운명은 내게 풀기 어려운 문제를 던져 줬다. 동시에 아름다운 인생의 문을 열 수 있는 열쇠도 쥐어 줬다. 내게 일어난 일을 얘기하려면 사고가 일어난 날 아침부터 시작해야 할 것 같다.

아이얼원

• 목차

1장

앞으로 좋은 일만 있을 나에게

자신감에 대하여

2장

넘어지고 부딪힐 때 비로소 보이는 길

인생에 대하여

3장

용기를 내야 시작되는 이야기

성장에 대하여

4장

행복은 저절로 완성되지 않는다

노력에 대하여

5장

사람의 마음을 얻는 비결

어울림에 대하여

앞으로
좋은 일만 있을
나에게

자신감에 대하여

모두 다
괜찮아질 거란
믿음

예전에 내 오른쪽 눈은 '복시(複視)'란 병을 앓았다. 복시는 언제든지 재발 우려가 있는 병이다. 처음 듣는 단어라면, 눈에 엄청난 빛 번짐이 발생하는 병이라고 생각하면 된다. 눈앞의 모든 물체가 두 개로 보이는데, 하나는 실제인 진상이고 다른 하나는 허구인 잔상이다. 복시가 괴로운 건 잔상이 꽤 또렷하게 보이기 때문이다. 마치 내 세상이 만화경이 된 것처럼 눈앞의 물체가 모두 뒤섞여 버린다.

복시가 발생하는 원인 중 하나는 뇌신경 마비다. 나의 경우엔 눈을 움직이는 신경에 이상이 생기면서 내 오른쪽 눈의 근육이 힘을 잃었고, 양쪽 눈의 초점에 문제가 생겼다. 복시란 병명은 의사가 내 증상을 지칭할 수 있는 가장 알맞은 단어를 찾아 명명했을 뿐이다.

그날의 기억은 마주하고 싶지 않을 정도로 나를 무겁게 짓누른다. 직장을 떠나기 전전했였다. 나는 그날도 어김없이 아침 일찍 일어나 출근 준비를 했다. 본능적으로 욕실에 들어가 양치질을 하고는 노트북을 끌어안고 계단을 내려갔다. 계단을 내려가는데 그날따라 유독 피곤함을 느꼈다. 평소보다 초점이 흐릿한 것 같았지만, 업무로 인한 피곤함이 쌓여 그렇겠지 하고 대수롭지 않게 생각했다.

오토바이에 올라타 도로를 향해 페달을 밟으려고 하는데 눈앞에 보이는 세상이 내가 기억하는 평소의 세상과 달랐다. 원래대로라면 하나여야 하는 도로의 중앙 분리선이 두 개로 변했고, 집 아래의 편의점 간판도 두 개로 변했다.

앞에 보이는 사물이 진짜인지 가짜인지 분간이 안 될 정도로 모든 게 겹쳐 보였다. 그러다 정신을 차리기도 전에 자동차 한 대가 나를 향해 돌진해 왔다. 자동차가 나를 들이받으려는 순간, 자동차는 마치 환각처럼 나를 뚫고 지나갔다. 자동차의 잔상이었다.

순간 등골이 오싹해지고 식은땀이 흘렀다. 처음엔 멍하니 서 있었지만, 곧 까무러치게 놀라 가슴까지 죄이는 기분이었다. '갑자기 왜 이러지?'라는 말이 머릿속에 떠올랐다. 너무나도 무서웠지만, 건강 검진을 받기 위해 팀장에게 연차 신청서를 작성해 제출할 준비를 해야 했다.

눈앞의 보이는 것들이 섞여 버리니 조심조심 오토바이를 끌고 집으로 돌아갈 수밖에 없었다. 집 근처 개인 병원에 가서 어찌된 영문인지 알아볼 생각이었다. 병원으로 가는 길에 나는 '너무 피곤해서 그런 거겠지? 푹 쉬면 괜찮아질 거야'라며 끊임없이 스스로를 안심시켰다. 요즘 일이 너무 힘들어서 눈이 망가지기 전에 내게 경고를 보낸 거라 생각했다.

병원에 도착하기 전까지 나는 내 눈에 이상이 생겼다는 걸 믿지 못했다. 의사가 내 눈을 진료하기 전까지 말이다.

"복시 같네요. 오른쪽 눈에 문제가 생겼어요. 그래도 확실한 원인을 알아봐야 하니 큰 병원으로 추천서를 써 드리겠습니다. 뇌 검사를 하려면 아무래도 큰 병원이 좋으니까요."

"큰 병원이요? 뇌 검사라뇨?"

전에 느껴 본 적 없는 불안함이 마음속 저 밑바닥부터 싸하게 퍼지기 시작했다. 너무 급작스럽게 일어난 일이라 의사의 말을 따랐고, 자세하게 질문하진 않았다. 지금 생각해 보면 너무 많은 것을 알게 되는 게 무서워서 입을 열지 못했던 게 아닐까 싶다.

작은 개인 병원에서 큰 병원으로 옮긴 후, 여러 의사가 똑같은 방법으로 내 두 눈이 제 기능을 하는지 검사했다. 검사 끝에 나온 결과는 똑같았다. 오른쪽 눈이 우측 끝까지 보지 못한다는 내용이었다. 그렇게 복시를 진단받았고, 내 오른쪽 눈이 정상적인 기능을 하지 못한다는 결과가 떨어졌다.

가장 괴로웠던 건, 검사를 했음에도 오른쪽 눈에 복시가 발생한 원인을 파악하지 못했다는 거였다. 게다가 급성이어서 의사도 소염제와 비타민을 처방해 주는 것 이외엔 별다른 조치를 취하지 못했다. 마음이 놓이지 않았다. 어쩌면 현실을 받아들일 수 없어서 불안했을지도 모른다.

며칠 뒤 나는 지역에서 가장 큰 병원으로 달려가 뇌 시티(CT) 촬영을 진행했다. 뇌엔 아무런 이상이 없었고, 복시의 원인은 발견할 수 없었다. 의사는 육 개월은 지나야 조금 더 심도 있는 진찰이 가능하다 했고, 육 개월 후에도 같은 증상이 보이면 평생 오른쪽 눈에 복시란 병을 단 채 살아야 한다고 했다.

'평생 이렇게 살라고?'

말도 안 되는 소리였다. 그때 나는 겨우 스물여덟 살이었다.

내 삶을 긍정하고 격려하기

사람이 최악의 상황을 겪으면 대부분 마음의 준비를 한다. 하지만 최악의 상황에 결말이 없으면 대다수는 어떻게 해야 할지 모른다. 내가 걱정하는 것도 바로 이런 거였다. 내 오른쪽 눈은 언제 나을지도 모르고, 어쩌면 평생 낫지 않을 수도 있었다.

회사에 장기 휴가를 신청한 후 나는 집에서 매일 똑같은 삶을 살았다. 아침에 일어나 눈을 뜨면 가장 먼저 보이는 세상이 원래대로 돌아왔는지 확인했고 시끄러운 텔레비전 소리가 마음의 불안함을 덮어 주길 바라며 침대에 누워 텔레비전을 켰다.

지금 이 상황이 감기처럼 지나갈 거라고 나를 설득했다. 정말로 감기일 거라고, 며칠 지나면 말끔하게 나을 거라고 자기 최면을 걸었다. 그러나 시간이 흘러도 여전히 눈앞의 것들은 한데 섞여 보였다. 그때부터 평생 이렇게 살아가야 하는 건 아닌지 진심으로 걱정하기 시작했다.

그 무렵 나는 매일을 공포 속에서 살았다. 변해 버린 세상에 반항도 해 봤다. 심지어 인생을 놓아 버리면 어떨까 하고 스쳐 지나가듯이 생각한 적도 있다. 남은 인생이 지금과 같다면 사람들에게 조용히 잊히고 싶었다. 그때 내 인생은 정말 답답하고 또 답답했다. 그냥 무의미했다. 낮에 별다른 일을 하지 않으니 밤에 쉽게 잠들지도 못했다.

　그러다 지금 생각해도 대단하다고 느껴지는 행동을 실천했다. 죽음 대신 '살아가기'를 선택한 것이다. 천 하나를 이마에 비스듬하게 감고, 오른쪽 눈을 가린 채 책을 집어 들어 읽기 시작했다. 그때 왼쪽 눈이 정상적으로 사물을 볼 수 있던 게 참 다행이라고 생각한다.

　나는 더 이상 우울해하며 침대에 누워 있지 않았다. 매일 오후, 방을 옮겨 다니며 스트레칭과 운동을 했다. 식사해야 할 때는 평소처럼 외출했다.

　그러니까 나는 모처럼 얻은 소중한 휴가 동안 집에서 쉬는 것처럼, 모든 게 괜찮은 척 연기했다. 예전과 다른 점은 움직이는 속도가 느려졌다는 것이지만, 아무래도 괜찮았다. 집에서만 지내다 보니 남는 게 시간이었다. 나는 불안함을 줄이기 위해 노력하며 되뇌었다.

　"모든 건 괜찮아질 거야."

　나를 다독이고 위로한다고 오른쪽 눈이 회복되는 건 아니란 정도는 알고 있었다. 하지만 모든 건 괜찮아질 거라고 용기 내서 나에게 말을 걸자 마음이 훨씬 안정됐다.

그 후엔 나를 즐겁게 만드는 일에 주의를 기울였다. 비록 행동과 생활 습관은 예전과 달라졌지만 나는 내 의지로 매일의 기분을 정할 수 있었다. 나는 즐거운 하루를 보내며 두려움이 아닌 내일에 대한 기대를 끌어안고 매일 밤 잠들었다.

그날을 시작으로 나는 최대한 보통의 생활을 하려고 노력했다. 아침에 일어나면 오른쪽 눈이 예전으로 돌아갔는지 체크했지만, '그대로네'라는 부정적인 마음으로 하루를 시작하지 않았다. 내가 좋아질 수 있다고 믿으면 정말로 좋아질 거라고 믿었다.

꾸준한 독서와 운동 외에도 나는 인터넷에서 복시에 관한 정보들을 검색해 공부했고, 복시를 해결할 수 있는 방법을 찾아냈다. 복시는 프리즘 렌즈로 교정할 수 있었고, 사시 수술처럼 복시도 치료받으면 정상적으로 돌아갈 기회가 있었다.

조금 더 노력하자 마음속으로 생각했던 최악의 상황이 조금씩 긍정적으로 변하기 시작했다. 수술하지 않고도 특수 렌즈를 이용해 시력을 교정할 수 있다는 걸 알게 되니 불안함이 줄어들기 시작했다. 불안함이 줄어들자 미래에 대한 기대를 되찾았다.

이 사건은 내 인생에서 아주 중요한 경험이 됐다. 다행히 한 달이 지나고 내 오른쪽 눈은 다시 정상적인 기능을 되찾았다. 내가 보는 세상도 원래 알던 익숙한 모습으로 돌아왔다. 건강을 회복한 후, 나는 예전과 달리 나를 격려하는 힘을 믿기 시작했다. 지금까지도 극복하기 힘든 일을 마주할 때마다 이때를 떠올리며 앞으로 나아갈 원동력을 되찾곤 한다.

사람은 누구나 슬럼프에 빠진다. 단언할 수 있는 건, 세상은 내 마음대로 흘러가지 않는다는 사실이다.

반드시 해내야 할 일인데 의욕이 사라질 때, 소중한 사람이 떠나서 슬픔에 잠길 때, 누군가의 험담으로 속상해질 때, 내 힘으로 해결할 수 없는 일이 생길 때 슬럼프가 찾아온다.

슬럼프를 부르는 슬프고 힘든 일들은 언제든지 일어날 수 있다. 하지만 슬럼프가 찾아왔을 때 중요한 건, 이 한마디를 스스로에게 건네는 거다.

"모든 건 괜찮아질 거야."

자신을 믿는 것, 인간에게 힘을 북돋는 가장 큰 원동력이다. 모든 건 괜찮아질 거라고 믿는 순간부터 모든 게 좋아지기 시작할 거다.

우리는 넘어졌을 때 종종 다른 사람의 위로와 도움이 필요하지만 스스로 일어나 전진해야 할 때가 더 많다. 다가오지 않은 미래에 극복하기 힘든 일들이 당신을 기다리고 있을지도 모른다. 하지만 자신에게 나아갈 힘을 북돋아 준다면 그 일은 더 이상 어렵지 않을 것이다.

—

힘들 땐 쉬어 가세요.

고민이 있을 땐 책을 읽으세요.

불안할 땐 심호흡을 하세요.

슬플 땐 자신을 토닥이며 말하세요.

"모두 다 지나갈 거야."

우리는 종종 자신에게 가장 따뜻한 응원을 보내야 한다는 사실을 잊곤 합니다.

기억하세요. 자신을 챙기는 게 무엇보다 중요하다는 걸.

나를
부정하는 일에
집중하지 않기

⋮

예전엔 마음만 먹으면 누구든 자신이 그려 왔던 모습으로 변할 수 있다고 생각했다. 내향적인 사람이 외향적인 사람과 어울리면 외향적으로 변할 수 있고, 소극적이고 비관적인 사람이 적극적이고 낙천적인 사람과 함께하면 적극적이고 낙천적으로 변할 거라고 말이다.

그러나 누군가와 비슷한 사람이 되려고 자신을 몰아붙이면 그 누구도 되지 못한다. 낙관과 비관, 좋고 나쁨은 모두 비교에서 나온 결과다. 내가 즐거운 날을 보냈는지 아닌지는 비교하지 않아도 스스로 알 수 있다. 낙관적인 사람이라도 부정적일 때가 있다.

그들은 단지 즐거운 모습으로 부정을 덮어 버리는 게 습관화돼 있을 뿐이다. 반대로 비관적인 사람도 꼭 나쁜 것만은 아니다. 낙관적인 사람도 자신을 미워하는 경우가 많다.

나는 낙관적인 사람이든 비관적인 사람이든 자신의 강점에 집중하는 연습을 해야 한다고 생각한다. 그래야 인생이란 길 위에서 넘어졌을 때 자신의 강점을 이용해 일어나는 방법을 터득하고 앞으로 나아갈 힘을 낼 수 있기 때문이다.

스스로에게 낯선 모습의 자신이 되라고 강요하면 그 모습은 오래가지 못할 거다. 내성적인 자신을 싫어해서 외향적인 사람과 어울린 후에 집에 돌아오면 그렇게 피곤할 수가 없다. 보수적인 사람이 개방적인 사람이 되고 싶어 열린 사고방식을 머릿속에 밀어 넣으면 오히려 더 많은 걱정거리가 생긴다.

자신의 본모습을 부정하는 것보다 있는 그대로의 모습과 개성을 받아들이고 자기 목소리에 귀를 기울이는 것이 더 좋다. 모든 사람은 저마다 장단점이 있다.

우리는 자신의 단점을 크게 확대 해석할 필요도 없고, 장점을 너무 보잘것없다고 생각할 필요도 없다. 있는 그대로의 나를 좋아하며 마음 편히 살아가는 게 행복한 삶이다.

변화는 오롯이 나를 위한 것이어야 한다

사람은 주어진 환경, 함께하는 사람에 따라 그 상황과 어울리는 모습으로 변하려고 노력한다. 동창회에 나갈 때와 출근할 때의 모습은 완전히 다르다. 부모님 앞에선 응석을 부리는 아이일지라도 사회에선 성인의 역할을 해낸다.

카멜레온처럼 자신의 모습을 바꾸는 건 타인의 믿음을 얻으려는 인간의 습성일 뿐이다. 일부러 남을 속이려고 마음먹은 게 아니라면 주어진 환경에 어울리는 모습으로 살아가는 건 지극히 정상적인 일이다.

우리는 불편해도 어쩔 수 없이 익숙지 않은 모습으로 세상에 맞춰 살아가야 한다. 하지만 세상에 맞춰야 한다고 해서 절대로 본인이 싫어하는 모습이 돼서는 안 된다.

우리는 살면서 수많은 사람을 만난다. 당신과 오랫동안 알고 지내길 원하는 사람이 있는가 하면 사사건건 당신에게 시비를 거는 사람도 있다. 누군가는 당신에게 기쁨을 가져다주지만, 누군가는 당신에게 고통을 가져다줄지도 모른다. 당신은 만나는 사람들에게 친절을 베풀 권리가 있다. 하지만 절대로 모든 이가 당신의 호의를 좋아할 거라고 생각해선 안 된다.

오로지 남의 눈치를 살펴 자신을 바꾼다면, 설사 그들이 원하는 모습으로 변한다 한들 행복하진 않을 거다. 비위 맞추기에 성공해도 당신은 가면을 쓴 채로 사람들과 어울려야 한다. 그러다 어느 날 가면을 내려놓고 원래 모습으로 돌아가려고 하면 사람들은 당신을 이기적이라고 말할지도 모른다. 그럼 당신은 부족한 자신을 탓할 거고, 당신의 노력을 거절한 사람들로부터 큰 상처를 받게 될 거다.

너무 애쓰며 자신을 몰아세우지 마라. 그러다 보면 결국 나도 좋아할 수 없는 모습의 내가 된다. 변화엔 큰 노력이 필요하다. 하지만 누군가의 믿음을 얻기 위한 노력이어선 안 된다. 주변 사람들의 호감을 얻기 위한 것이어도, 사람들이 당신을 치켜세워 줬으면 좋겠다는 마음에서 비롯된 것이어도 안 된다.

변화는 당신 자신을 위한 것이어야 한다. 스스로가 좋아하는 모습의 사람이 되려고 노력하는 순간, 당신은 주변의 모든 것을 좋아하게 되고 어제보다 더 즐거운 마음으로 오늘을 살아가며 오늘보다 더 즐거운 내일을 맞이하게 될 것이다.

—

당신을 미워하는 사람들을 좋아하려고 시간을 낭비하지 마세요.
당신이 노력한다고 해서 당신을 미워하는 걸 멈추지 않습니다.
당신의 괴로움은 그들에게 당신을 괴롭힐 힘만 줄 뿐입니다.

사람이 한평생 쓸 수 있는 에너지의 총량은 정해져 있습니다.

중요한 일, 사랑해야 할 사람, 완성해야 할 꿈이야말로 우리가 가장 신경 써야 할 일입니다.

자신의 목소리를 들으려고 노력하세요.

당신을 공격하는 사람이 당신의 미래를 조종하게 두지 마세요.

앞으로 나아갈 때 매 순간의 감정을 기억하고, 성장의 감동을 마음껏 즐기세요.

자신을 사랑하고, 더 멋진 자신으로 발전하는 방향으로 용감하게 나아가세요.

앞으로
좋은 일만 있을 나에게

내가 좋아지면
세상도
좋아질 거다

내겐 정석에 맞춰 사는 FM 기질의 친구가 있다. 학생 때 성적도 우수했고, 사회에 발을 내디딘 후에도 안정적이고 미래가 보장된 직장을 선택해 들어갔다. 업무 성과도 좋아서 팀장의 기대를 한 몸에 받았다. 하지만 그에게도 고민이 있었다. 제대로 된 연애를 해 보지 못했다는 것이었다.

그렇다고 친구가 무뚝뚝한 편도 아니었다. 동성 친구끼리 모이는 자리에선 현장을 완전히 웃음바다로 만들진 못해도 웃긴 얘기를 툭툭 던지며 친구들을 웃겼다. 하지만 이성 친구가 있거나 이성과 단둘이 만나는 자리에선 평소와 달라졌다. 목소리부터 대화 내용까지 내가 알던 친구와 전혀 다른 사람으로 변했다. 물론 긴장해서 그런 거겠지만 이성과 함께할 때면 언제나 적당한 대화 주제를 찾지 못해 어찌할 바를 모르는 것 같았다.

친구는 자기 인생에서 이성과 어울릴 기회가 없었다고 했다. 집에 여자라곤 어머니밖에 없고, 학교도 남녀 공학을 나왔지만 남자가 90퍼센트인 공과였다고 했다.

친구의 말에 따르면, 이성과 대화할 때 자기도 모르게 조심스러워졌고 그 결과 성인이 된 지금까지 이성과 손을 잡아 본 적이 없다고 했다. 여자를 만난 최장 기간도 가장 긴 게 일주일이었다.

대학생 때 친구는 다른 학교 여학생의 마음을 얻기 위해 세 시간 동안 오토바이를 타고 며칠에 한 번씩 그녀를 찾아갔고, 캠퍼스 근처 학원에 그녀를 데려다 주고 한밤중에 혼자 차디찬 밤바람을 맞으며 숙소로 돌아왔다고 했다.

한동안 그렇게 지내다가 그녀에게서 앞으론 남자 친구가 데려다 줄 거니까 찾아오지 말라는 마음 아픈 전화를 받았고, 끝내 그녀를 떠나보내야 했다.

이뿐만이 아니다. 회사에서 자기가 의지할 만한 남자란 걸 보여 주고 싶어, 마음에 드는 동료가 실수를 하면 대신 나서서 팀장에게 욕을 먹었다고 한다. 그 결과는 커피 몇 잔이 전부였다.

그 후로도 친구는 이성을 사귈 수 있다면 무엇이든 할 수 있다는 각오로 최선을 다했지만, 안타깝게도 그녀들은 너무 적극적인 친구에게 부담을 느끼거나 겁을 먹었다. 그렇게 친구는 제대로 된 연애를 단 한 번도 해 보지 못했다.

다 옛날얘기다. 얼마 전 다시 만난 친구는 예전과는 완전히 다른 모습이었다. 그는 지금 만나는 여자 친구와 곧 결혼할 예정이라고 했다. 재밌는 사실 하나는, 그를 좋아하는 여자가 너무 많아 신부 될 사람이 남자 친구를 뺏길까 봐 마음고생이 심했다는 것이다.

눈앞의 남자는 내 기억 속의 친구와 전혀 다른 사람이었다. 우선 친구는 예전보다 대화 주제가 풍부해졌고 얘기를 편안하게 잘 나누는 것 같았다. 더 이상 회사에서 듣고 인터넷에서 봤던 웃긴 얘기를 하지 않았다. 그는 지난 몇 년간 자신이 여행한 나라와 최근 새로 가지게 된 취미에 대해 얘기했다.

친구는 시간 맞춰 헬스장에 가서 운동을 하고 조깅이나 자전거 동호회 모임에 나가는 등 퇴근 후와 휴일의 시간을 알차게 보내는 삶을 살고 있었다.

난 어떻게 그가 완전히 다른 사람이 돼 행복한 삶을 살게 된 건지 궁금했다. 친구는 내게 이런 말을 했다.

"예전엔 사람들에게 잘해 주면 언젠간 보상받을 거라고 생각했어. 아니면 내가 노력하는 만큼 나를 사랑해 줄 여자가 나타날 줄 알았어. 근데 아무런 결과가 없으니까 점점 남을 위한 삶을 포기해야겠다는 생각이 들더라고. 그래서 인생의 초점을 내게 맞추기로 했어. 책을 읽고, 운동을 하고, 맛있는 걸 먹으러 다니면서 이곳저곳을 여행했지. 사람들과 대화할 때 여행하면서 일어난 에피소드를 말하곤 했는데, 내가 직접 겪은 일이라 그런지 말하다 보면 나도 덩달아 신이 나고 재밌더라고. 사람들도 내 얘기를 즐겁게 들어줬어. 그때 깨달았어. 나도 원래 재미있고 매력 있는 사람란 걸 말이야."

그 말을 듣는 순간 내 모든 궁금증이 한 방에 해결됐다. 예전보다 좋은 모습으로 행복한 삶을 사는 방법은 간단했다. 자신의 삶을 새롭게 대하면 됐다. 친구는 가장 먼저 자신을 바꾸려고 노력했다. 친구가 예전보다 좋은 사람이 되자, 친구는 어제보다 더 좋은 오늘을 맞이했다. 나아가 그의 인생도 더 멋지게 변했다.

나의 또 다른 친구에 대해 얘기해 보겠다. 그 친구는 늘 '발전 모드' 버튼을 누르며 인생을 살면서 항상 '변화'라는 두 글자를 입에 달고 살았다.

그는 어떤 새로운 책을 읽었는지, 어떤 수업을 들었는지, 어떤 심리학 이론을 배웠는지 따위를 내게 알려 줬다. 새로운 경험을 얘기할 때 친구는 언제나 생기가 넘쳤다. 하지만 안타깝게도 발전을 위한 노력의 결과는 매번 비슷했다.

친구는 더 나은 자신이 되려고 노력했지만, 얼마 되지 않아 다시 직장 스트레스와 일상 스트레스로 불평을 쏟아 내곤 했다. 나는 그가 시간이 흐르면 바람이 빠져 쭈글쭈글하게 변하는 빵빵한 풍선 같다고 생각했다.

얼마 전까지만 해도 삶에 대한 열정이 가득했는데, 왜 불평을 늘어놓는 사람이 돼 버렸을까? 나는 친구를 볼 때마다 답답함을 느꼈다. 친구는 모든 에너지를 쏟아 노력하지만 중간쯤에 항상 지쳐 버린다고 했다.

미래를 향해 나아갈 힘이 남아 있지 않은 상태임에도, 친구는 자기 발전을 위한 새로운 학습법이나 강의를 추천받으면 그것에 빠져 미친 듯이 공부해 왔다.

매번 이번엔 정말 다르다고 외치며 새로운 마음으로 다시 노력했지만, 나아가야 할 방향을 잡지 못하고 늘 도중에 포기해 버렸다. 나는 그가 노력에 비해 좋은 결과를 얻지 못하는 것 같아 걱정이 됐다.

처음에 언급한 친구처럼 '발전 모드'의 친구도 어제보다 더 좋은 사람이 되길, 어제보다 더 좋은 삶을 살길 누구보다 원했다.

하지만 두 사람의 노력은 똑같아 보여도 분명한 차이점이 있다.

두 번째 친구가 추구했던 변화는, 자신이 원하는 모습이 아니라 사람들의 기준에 맞춘 모습이란 사실이다. 그는 시간과 돈을 들여 다른 사람들의 성공 비결을 공부했지만 진짜 시간을 들여 배워야 하는 건 따로 있다.

내가 원하는 모습으로 살아갈 용기

우리는 본인이 진짜로 원하는 게 무엇인지 자신에게 묻는 방법을 배워야 한다. 우리는 어떤 신발을 신든 착화감이 가장 중요하다는 걸 알고 있다. 어떤 바지를 입든 착용감이 좋아야 오랫동안 입을 수 있다는 것도 알고 있다. 내가 편안하고 좋아해야 오랫동안 할 수 있는 법이다.

정말 간단한 이치지만, 사람들은 겉으로 보기에 멋진 인생이 자신이 원하는 인생이라고 착각한다. 그리고 그런 인생을 좇아 청춘을 희생하며 자신의 선택이 옳았다는 걸 증명하려고 애쓴다. 그렇게 계속 겉모습만 좇다 보면 자신이 생각했던 정말 좋은 인생과 그 결과가 다르다는 걸 깨닫겠지만, 진짜 자신이 원하는 게 뭔지 알아 내지 못하면 몇 년이 흘러도 똑같은 딜레마에 갇혀 살아갈 뿐이다.

우리는 언제든지 나를 변화시킬 수 있고, 내가 좋아하는 삶을 찾아 나설 수 있다. 이 과정에서 오랜 시간이 필요할지도 모르니, 그 시간을 견딜 용기가 필요하다. 잘 견디다 보면 멋지게 성장한 자신과 함께 새로운 삶을 맞이하게 될 거다.

멋지게 성장하려면 용기도 중요하지만 자신이 멋진 사람이란 걸 믿는 것도 중요하다. 스스로에게 그런 모습이 있다는 걸 믿어야 멋진 나를 찾아 떠날 수 있다.

자신의 목소리에 귀 기울이고, 자신을 즐겁게 하는 일들을 경험하라. 남들이 원하는 모습이 되려 하지 말고, 이것저것 경험하면서 자신이 진짜 원하는 게 무엇인지 찾아내라.

당신에겐 자신을 더 좋은 사람으로 바꿀 힘이 있다. 다만 자신에 대한 믿음이 있어야 한다. 믿음은 언제나 자신 안에 있으니 쉽게 현실에 굴복하지 마라. 남을 위해 살지 않고 당신이 원하는 미래를 위해 전진한다면, 당신의 모든 것은 변화의 출발점이 될 거다.

—

자신을 돌보는 방법을 배우세요.

행복한 삶을 사는 건 내게 주는 가장 큰 선물입니다.

시간이 나면 운동을 하세요.

내 몸을 통제할 수 없으면 아무것도 할 수 없습니다.

틈날 때마다 책을 읽으세요. 이 세상은 아름답습니다.

하지만 아름다움을 느끼려면 당신만의 생각이 필요합니다.

누군가를 만나면 많이 웃으세요.

당신은 다른 이에게 힘을 줄 수 있는 사람입니다.

나아가 자신을 기분 좋게 만들 수 있는 사람이죠.

눈 깜짝할 사이에 이룰 수 있는 것이 아닙니다.

많은 연습이 필요합니다.

내일을 더 좋은 오늘로 만드는 연습을 하세요.

나 자신도 좋아할 만한 사람으로 미래의 나를 빚어 가세요.

앞으로
좋은 일만 있을 나에게

현재의 나쁜 일로
미래의 좋은 일을
내쫓지 마라

희망과 걱정은 서로의 그림자 같은 존재다. 대개 우리는 더 좋은 삶을 살기 원하면서 지금의 안정된 삶을 잃을까 봐 걱정하고, 좋아하는 일을 하고 싶어 하면서 수입이 적을까 봐 걱정한다. 남과 조금 더 가까운 관계가 되길 바라지만 너무 적극적으로 나서서 상대를 밀어내진 않을까 걱정한다.

지금 당신을 걱정하게 만드는 일이 있는가? 어떤 일이든 계속 걱정하고 그 걱정을 마음속에 담아 두면 부담이 돼 버린다.

나는 중학생 때 농구에 빠져 살았다. 농구 코트 위에선 언제나 더 멋진 플레이를 보여 주고 싶었다. 내가 농구 코트를 휩쓸어 모든 학생의 우상이 된다면, 애들은 앞다퉈 나를 무리에 초대하려고 아우성칠 게 뻔했다. 그럼 인맥은 따 놓은 당상이었다.

학교가 끝나면 집 근처 농구 코트로 달려가 슈팅 연습을 했다. 두 시간을 쉬지 않고 연습했지만 피곤하지 않았다. 인근 주민의 집으로 농구공을 던져 욕을 먹고 집으로 돌아갈 정도였으니까.

당시 나는 또래 친구들보다 키가 큰 편이었고 농구도 곧잘 했지만 운동 신경엔 자신이 없었다. 난 언제나 조금 더 높이 점프하길 바랐고, 조금 더 빠르게 뛰길 바랐다.

나는 내 바람을 이루기 위해 스포츠용품점으로 달려가 사장님에게 몸을 단련시키는 방법을 물어봤다. 사장님은 내게 중량 벨트를 추천해 줬는데 코 묻은 돈을 받으려는 건 아니니 자기 말을 믿으라고 큰소리쳤다. 그렇게 나는 중량 벨트 한 세트를 샀다. 다른 운동용품에 비하면 비싸지 않아 용돈으로 부담할 수 있었다.

중량 벨트는 남색 천을 복사뼈 주위에 감고 일명 '찍찍이'로 불리는 벨크로로 발목을 고정하는 방식이었다. 벨트엔 직사각형으로 된 여러 개의 주머니가 달려 있었는데, 그 안에 철 덩이를 넣으면 중량을 늘려서 걸을 때 무게를 더할 수 있었다.

가게 사장님은 농구할 때도, 걸어 다닐 때도 중량 벨트를 차고 다니라고 했다. 그렇게 한 달만 지내면 다리 근육이 튼튼해지고 순발력도 눈에 띄게 좋아져, 예전보다 더 높게 점프할 수 있고 더 빨리 달릴 수 있을 거라고 호언장담했다. 나는 사장님의 말을 믿고, 농구 코트를 날아다니는 멋진 내 모습을 기대하며 집으로 돌아갔다.

나는 예전보다 더 뛰어난 운동 신경으로 친구들을 놀라게 해 주려고 사장님의 조언대로 양쪽 발에 두 개의 무거운 벨트를 묶고 생활하기 시작했다. 다행히 한 달 동안 나의 은밀한 훈련을 알아챈 사람은 없었다.

한 달 후에 중량 벨트를 풀고 다시 농구 코트에 섰을 때 친구들은 이전과 달라진 내 모습을 눈치 채지 못했다. 갑자기 화가 치밀어 올랐다. 중량 벨트에 내 소중한 용돈을 썼기 때문은 아니었다. 내가 화가 났던 이유는 한 달 동안 매일 중량 벨트를 차고 다니느라 샤워할 때면 늘 복사뼈 인근이 쓰라렸는데, 그 인고의 시간이 물거품이 돼 버렸기 때문이다.

벨트를 사용하고 얼마 되지 않았을 때부터 피부가 쓸려 빨개졌지만, 나는 확실한 효과를 누리기 위해 벨트를 끝까지 풀지 않았다. 발목에 수건을 하나 덧댈까 고민했지만, 그러면 부피가 커져 교복 바지로 가려지지 않을 게 뻔했다. 그 시절의 어린 나에겐 멋져 보이는 게 더 중요했기 때문에 나는 체면과 고통 사이에서 체면을 선택했다.

양발에 달린 무거운 벨트 때문에 날이 갈수록 집으로 돌아가는 길이 멀게 느껴졌다. 버스 정류장에서 집으로 걸어가는 동안 발목이 너무 쓰라렸다. 결국 살갗이 쓸려 피가 났고, 나는 중량 벨트를 풀어야겠다고 결정을 내렸다.

벨트를 푸니까 앓던 이가 빠진 것처럼 온몸이 홀가분했다. 걸음도 가벼워진 느낌이었다.

내 운동 신경은 사장님의 호언장담대로 한 달 만에 향상되진 않았지만, 내 발목은 더 이상 고통받지 않게 됐고 내 마음도 한결 가벼워졌다. 난 그걸로 만족했다.

희망과 걱정 사이에서 균형 잡기

걱정은 인생의 도둑이다. 걱정은 용기를 내어 자신의 한계를 돌파하려는 사람에게 거대한 적이다.

내가 중량 벨트를 달고 다녔던 것처럼 당신에게 너무 무겁거나 어울리지 않은 걸 차고 다니면, 결국 그것은 당신을 괴롭게 만든다. 당신의 마음과 발걸음을 무겁게 하고, 당신의 시간을 훔쳐 가 버린다.

우리는 밤이 되면 내일의 일을 걱정하느라 달콤한 잠을 도둑맞는다. 아침엔 오늘 밤에 있을 일을 걱정하느라 업무 집중력을 도둑맞는다. 여행을 가면 집안일을 걱정하느라 여행의 즐거움을 도둑맞는다.

코넬 대학교의 칼 필레머(Karl Pillemer) 교수는 65세 이상의 성인 1,500명에게 인생에서 배운 가장 중요한 것이 무엇인지 물었다. 연구진은 인생 선배와 다름없는 대상자들에게서 인생의 방향, 사업가의 경영 노하우와 같은 삶의 지혜를 얻을 수 있을 것으로 기대했다.

하지만 대상자들은 예상과 전혀 다른 내용을 모두 비슷하게 답했다. 그들은 어떤 일을 걱정하는 데 자신의 시간을 낭비하지 말아야 한다고 말했다. 더 이상 걱정으로부터 자신의 행복을 빼앗기고 싶지 않다고 덧붙였다.

그렇다. 우리는 걱정이 우리의 삶을 빼앗지 못하게 하는 방법을 배워야 한다. 걱정이 우리의 삶을 점령해 버리면 공허함을 가져오기 때문이다.

계속해서 당신을 고민하게 만드는 일이 있다면, 그 일을 처리해 버리거나 맞서 싸워야 한다. 둘 다 못하겠다면 차라리 그 일을 놓아 버려라. 흐르는 시간과 함께 조금씩 당신의 인생에서 사라지길 기다려야 한다.

희망과 걱정 사이에서 균형을 잡는 건 절대 쉬운 일이 아니다.

하지만 늘 스스로를 과소평가하며 용기 내지 못하고 있지는 않은지 돌아봐야 한다. 이도 저도 아닌 애매한 곳에 멈춰 서지 마라. 진심으로 원하는 게 있다면 노력해서 얻어야 한다.

당신이 걱정하던 일에 미련이 남는 건 실패해서가 아니라, 두려움 때문에 더 나은 내가 되는 일을 선택하지 못했기 때문이다.

당신을 좋은 사람으로 만들고 당신의 일에 도움이 되는 곳에 마음을 집중하라. 좋게 생각한다고 해서 모든 문제가 해결되는 건 아니지만 최소한 더 좋은 내가 되는 법, 걱정을 버리고 새로 출발하는 법은 알 수 있을 거다.

—

우리의 마음이 한없이 좁아질 때가 있습니다.
한 가지 나쁜 일만 들어가도 가득 찰 정도로 좁아지죠.
그땐 누구도 당신을 좁아진 마음으로부터 끌어내지 못합니다.
지금 당신의 마음을 꽉 막히게 하는 일이 있다면, 이 문장이 당신에게 힘이 되길 바랍니다.

"현재의 나쁜 일 때문에 미래의 좋은 일을 쫓아 내지 마세요."

당신에게 나쁜 일만 일어나는 것 같지만, 당신을 기다리는 좋은 일이 훨씬 많습니다.

당신이 마음에서 나쁜 일을 내보내야, 그 자리에 좋은 일이 들어

올 수 있습니다.

남이 아닌
내가
만족하는 삶

삶이 너무 바빠 내 마음을 돌아볼 겨를이 없고, 내가 진짜 좋아하는 일이 무엇인지 생각할 힘도 없을 때가 있다. 그 사이에 우리는 외부 세계에 지배당해 내가 좋아하는 걸 그들이 선택하게 만들어 버린다.

끊임없이 새로운 상품의 광고가 텔레비전에서 송출되고, 길을 가다가 광고에서 본 상품이 보이면 충동적으로 구매 욕구가 치솟는다. 해외에서 인기 있는 상품에 대한 소식을 듣게 되면 국내에서 구매 가능한 곳이 있는지 바로 인터넷 검색에 들어간다.

그렇게 우리는 조금씩 '내가 좋아하는 것'을 외부 세계로부터 교육받는다. 무엇을 좋아하고 싫어하는 감정은 자연적으로 발생해야 한다.

나는 어렸을 때 녹두탕(중화권에서 여름에 자주 마시는 음료) 마시는 걸 좋아했다. 매년 여름 우리 집 냉장고엔 녹두탕 한 그릇이 늘 놓여 있었다. 학교가 끝나거나 공놀이를 하다가 집에 오면 항상 녹두탕을 마셨다. 빙수를 먹을 때도 녹두탕에 들어간 녹두를 넣어 먹었고, 녹두 슬러시는 내가 가장 좋아하는 음료였다.

나는 내가 녹두를 너무나도 좋아하기 때문에 녹두탕을 좋아한다고 생각했다. 설탕이 들어가지 않은 녹두탕을 마시고 모두 뱉을 뻔한 그날이 있기 전까지 말이다. 그 후로 설탕이 들어가지 않은 녹두탕은 절대 마시지 않는다.

설탕이 들어간 녹두탕은 여전히 내가 가장 좋아하는 음료다. 나는 그때 비로소 내가 녹두 자체를 좋아하는 게 아니란 사실을 깨달았다.

좋음과 싫음은 이런 것이다. 직접 맛보고, 체험하고, 부딪히고, 겪어 봐야 아는 것이다. 남들이 당신에게 어떤 것의 좋음과 싫음을 알려 줄 필요는 없다. 그런데 왜 남들은 내가 좋아하는 걸 가르치려고 할까? 행복한 삶이란 무엇일까? 외부 세계에 세뇌당해 내가 좋아하는 거라고 착각한 걸 손에 넣는 게 행복한 삶일까?

요즘 세상이 말하는 행복은, 어쩌면 내가 좋아하는 물건을 구매하는 게 아니라 광고에서 우리가 구매하길 바라는 물건을 사는 것일지 모른다. 즉, 자신이 원하는 일을 하는 게 아니라 다른 사람이 내가 하길 바라는 일을 하는 것이다. 우리는 지나칠 정도로 남의 시선을 의식해 자신이 좋아하는 게 무엇인지 잊어버린 게 아닐까?

나를 사랑해야 내 삶을 사랑할 수 있다

바쁜 삶일수록 쉽게 공허함을 느낀다. 인간은 혼자 있을 때 찾아오는 공허함을 싫어해 남들이 좋아하는 모습으로 가면을 쓴 채 바쁘게 살아간다. 남들에게 미움받는 걸 좋아하고 사람들의 입에 오르내리는 걸 좋아하는 사람은 없다.

사람이 어떤 물건을 좋아하는 데는 대개 이유가 있지만, 어떤 사람을 좋아하거나 싫어하는 데는 명확한 이유가 없다. 내가 다른 사람을 대할 때도 그렇고, 다른 사람이 나를 대할 때도 마찬가지다. 오늘 당신이 친절하게 타인을 대했다고 해서 그 사람도 친절하게 당신을 대하리란 보장은 없다.

사람과 사람 사이의 만족은 쌍방에서 이뤄지는 것이다. 그러므로 상대방이 원하는 걸 완벽하게 만족시키는 사람은 세상 어디에도 없다. 당신은 매번 상대방의 비위를 맞추려고 노력하지만, 상대방이 당신을 신경 쓰지 않는다면 결국 상처받을 수밖에 없다.

남에게 잘 보이는 것만 신경 쓰지 말고 자신에게 관심을 보이기 위해서도 노력해야 한다. 모든 사람을 만족시키지 않아도 마음 편히 세상을 살아갈 수 있다. 친구가 적어질 수 있지만, 몇 안 되는 그 친구들이 당신을 진심으로 대할 거다. 당신과 가까운 관계의 사람은 적어질 수 있지만, 마땅히 받아야 할 대우를 받지 못해 마음을 앓는 일은 사라질 거다.

되도록 자신의 모든 것을 중요하게 여기되, 그것 때문에 남들에게 배제당할까 봐 걱정하지 마라. 당신의 가치는 타인이 정할 수 없다. 당신을 미워하는 사람들의 시선을 지나치게 신경 쓰다 보면, 당신의 모습을 온전히 사랑하기 어려워질 거다.

자신을 사랑하는 것은 자신이 싫어하는 것을 버릴 용기가 있다는 뜻이기도 하다. 내가 싫어하는 건 고민하지 말고 바로 버려야 한다. 우리는 대부분 자신을 중요하게 여기는 일에 소홀해지므로 어떤 걸 내가 진짜로 좋아하는지, 어떤 걸 내가 가짜로 좋아하는지 잘 구분하지 못한다.

먼저 당신이 싫어하는 것부터 버려야 한다. 그래야 더 좋은 삶을 좇는 힘이 생긴다. 내게서 싫어하는 것을 떼어 내는 건 못난 과거의 나와 헤어지고 더 나은 미래를 향해 나아가는 일이다.

　나를 '내가 챙겨야 할 사람'의 일순위에 놓아라. 나를 사랑해야 내 삶을 사랑할 수 있다. 내 삶을 사랑하면 당신이 눈치 보지 않고 어울릴 수 있는 사람들이 주변에 나타나기 시작할 거다. 그들은 '척'을 하는 당신을 필요로 하지 않고, 자신들에게 모든 걸 맞추려는 당신을 필요로 하지 않는다. 그들이 관심 있는 건 있는 그대로의 당신이다.

—

오랫동안 가면을 쓰고 지내다 보면, 그 모습에 익숙해져 가면을 벗지 못할까 봐 두려워집니다.

오랫동안 비난을 받으면, 비난의 굴레에서 벗어나지 못할까 봐 두려워집니다.

세상은 우리에게 원래 내 모습이 아니라 다른 모습으로 살아 달라고 강요하곤 합니다.

예전으로 돌아가고 싶어도 원래 나의 모습을 잊어버립니다.

내가 좋아하는 나의 모습을 마음속에 기억해 둬야 합니다.

웃고 싶으면 웃고, 울고 싶으면 우세요.

가고 싶은 곳이 있다면 가세요.

놓치고 싶지 않은 게 있다면 쉽게 포기하지 마세요.

잊지 마세요. 타인의 시선만으로 당신을 규정할 수 없습니다.

용감하게 나 자신이 되려고 시도해 보세요.

그리고 행복한 당신이 되세요.

기꺼이
혼자가 될
용기

⋮

　사람들과 무리 지어 생활하지 않는 건 언제나 우리를 불안하게 만든다. 하지만 사람들을 거절하지 못해 어쩔 수 없이 어울리거나 혼자 있을 때의 적막이 두려워 맹목적으로 사람들을 따르진 말아야 한다.

　학창 시절, 나와 친구들은 종종 야식을 먹곤 했다. 당신도 알겠지만, 이상하게 밤엔 쉽게 허기가 진다. 한창 성장할 나이였던 나는 자기 전에 음식을 먹어도 잘 소화했고, 배가 부른 상태로 자도 달콤하게 잘 잤다. 그래서 친구들과 함께하는 야식 타임의 유혹을 쉽게 거절하기 힘들었다.

계획에 없던 야식을 사 먹으면 계획에 없던 지출이 발생한다. 어쩌다 한 번 돈을 쓰면 그럭저럭 넘어갈 만하지만, 예상에 없던 지출이 계속 발생하면 주머니 사정은 점점 악화된다.

　나는 친구들과의 야식 타임에 빠지지 않고 참여했지만, 그 시간이 마냥 달갑지 않았다. 솔직히 말하면 나는 친구들과 어울리려고 야식을 먹었다. 다들 삼삼오오 모여 야식을 먹으며 떠드는데, 나만 빠져 어울리지 못하는 게 싫었다.

　집에선 부모님께 의지하고 밖에선 친구에게 의지한다는 말이 있다. 그만큼 인생에서 친구는 중요한 존재다. 야식 타임에서 평생 친구를 만날 수도 있는 거다.

　친구들과 야식을 먹는 것도 일종의 인맥 관리인데, 왜 고민하는지 묻는 사람도 있을 거다. 하지만 무조건 남과 어울리는 게 능사는 아니다. 야식을 먹을지 말지 고민하는 걸 이해하지 못하는 사람들에게 내 얘기를 해 주고 싶다.

　나는 대학원 시험을 준비할 때 사람들과 어울리지 않기를 실천했다. 그해엔 공부할 수 있는 시간이 너무나도 소중했다. 나는 버스를 타고 기숙사에서 학원으로 통학했는데, 주요 노선버스여서 학원 수업을 마치고 기숙사로 돌아가는 시간에 버스 안은 친구들을 포함한 수강생들로 가득했다.

　학원 수업은 밤이 돼야 끝났다. 피곤함에 찌든 수강생들은 수업이 끝나면 간단하게 먹을 음식이나 음료수를 사 버스에 타선 수다를 떨며 하루의 피로를 풀었다. 하지만 나는 버스에 오르면 규칙처럼 이어폰을 귀에 꽂고 클래식 음악을 들으며 그날 배운 내용을 복습했다. 단 하루도 예외는 없었다.

버스 안은 무리 지어 맛있는 걸 먹으며 웃고 떠드는 부류와 다른 세상에 있는 것처럼 아무 표정 없이 노트만 바라보는 부류로 나눠졌다. 대학원 시험을 준비하던 나는 사람들과 어울리지 않기로, 내 할 일에 집중하기로 선택했다. 그 결과, 내 시험 결과 역시 사람들의 시험 결과와 함께하지 않았다.

사람들과 웃고 떠드는 것 대신 내가 원하는 것을 선택해 얻은 결과는, 남들보다 높은 시험 성적이었다. 사람들과 어울리지 않는 대가가 기분 좋은 결과라면, 나는 언제든지 대가를 기꺼이 치를 것이다.

혼자서도 강한 사람이 누리는 자유

얼핏 보면 내가 사람들과의 '어울림'을 부정하는 것 같지만 그렇지 않다. 타인과 어울리는 건 현대인의 생존법으로 필수 요소다. 하지만 우리는 타인과 어울리지 않고 혼자가 되는 것에 너무 많은 두려움을 느껴, 자기 목소리에 귀 기울이지 못하고 맹목적으로 사람들과 함께하려 한다.

우리는 매일 인생의 갈림길 위에 서 있다. 같이 쇼핑해야 할지, 퇴근 후엔 함께 무엇을 먹을지, 내 업무가 아닌 일을 어떻게 거절할지, 회의 내용에 동의하지 않는 내 의견을 어떻게 표현해야 할지 등 갈림길의 연속이다.

이 갈림길 위에서 우리는 남의 의견을 따를지, 아니면 내 의견을 밀고 나갈지 선택해야 한다. 물론 사람들과 어울리는 걸 선택해도 상관없다.

하지만 하늘 아래 공짜는 없는 법이다. 사람들과 함께하길 선택한 당신은 그 대가로 당신의 돈, 시간, 권리를 희생해야 할지도 모른다. 또는 당신이 하지 않아도 될 업무를 해야 할 수도 있고, 업무의 공을 다른 사람이 가로채 가는 상황이 생길 수도 있다.

누군가는 타인의 따가운 시선을 받아들이기 힘들다고 한다. 누군가는 무리를 따르지 않으면 배제당할까 봐 두렵다고 한다. 누군가는 상대방의 의견에 동의하지 않는다고 말할 때 미안한 마음이 든다고 한다.

그럭저럭 넘어가기엔 너무 어려운 일이지만, 원하는 선택을 포기할 정도로 어려운 일은 아니다. 사람들과 어울릴지 말지 고민하는 만큼 자신을 위해 고민해야 한다.

많은 사람이 선택한 일이라고 해서 그게 꼭 옳다고 말할 순 없다. 남들이 가지 않는 길을 선택한다고 해서 시간을 낭비하는 건 아니다. 남들과 다른 걸 추구한다고 해서 틀린 사람이 되는 것도 아니다. 주위 사람을 무시한 채 인생을 혼자 살아가려고 고집을 피울 필요는 없다.

단지 나는 당신이 진짜로 원하는 걸 선택하길 바랄 뿐이다. 어쩔 수 없이 어떤 곳에 소속되야 한다면, 좋아하는 곳에 소속되는 게 가장 바람직하다. 남들과 함께 나아가되 반드시 자신이 원하고 계획한 길이어야 한다.

사람들을 따라가도 좋지만 아무 이유 없이 무조건 따라가선 안 된다. 적어도 어느 곳을 향해 나아가는지는 알고 그 길을 선택할 수 있어야 한다.

"성공한 사람은 20퍼센트, 실패한 사람은 80퍼센트"라는 말이 있다. 20퍼센트의 사람이 성공하는 이유는 80퍼센트의 사람이 해내지 못한 일을 해냈기 때문이다. 사실 성공한 사람들이 특별한 일을 해낸 건 아니다. 그들은 자신의 꿈을 포기하지 않고 끊임없이 노력해서 원하는 인생을 이뤘을 뿐이다.

그들의 성공은 남들과 조금 다르게 행동할지언정, 자기 목소리에 귀를 기울이고, 자신이 진정으로 원하는 걸 선택하기를 주저하지 않았다. 살다 보면 막막함이 몰려올 때가 있지만, 거기에 압도되기보다 내 꿈을, 즉 가고 싶은 곳을 향해 나를 이끌어 나가야 한다.

—

남이 설계해 놓은 인생을 살 생각이 아니라면 눈앞에 놓인 삶에 최선을 다하세요.

이 세상엔 내가 어쩔 수 없는 것들이 참 많지만, 미래는 스스로 만들어 갈 수 있습니다.

지금 당신에게 일어난 모든 일은 갑자기 발생한 게 아닙니다.

모두 당신이 만들어 온 것이죠.

더 멋진 미래를 원한다면 지금부터 시작하세요.

미래를 향해 즐겁게 전진하는 방법을 배우세요.

매일 자기 발전을 위해 나아가고, 자신의 행복을 위해 노력하세요.

최선을 다해 매일매일 지내다 보면 언젠간 원하는 삶을 살고 있는 당신을 발견하게 될 겁니다.

애써 나를
증명해 보일
필요는 없다

⋮

노력과 고집은 비슷해 보이지만, 본질은 전혀 다르다. 과거에 나는 지독한 사랑에 빠져 마음이 떠난 상대방을 돌아오게 하려고 엄청 노력했었다. 시간이 지나 돌이켜 보니, 그건 노력이 아니라 사랑을 놓친 나를 인정하고 싶지 않아 고집을 부린 거였다.

처음엔 그 사람을 기다리며 나는 사랑받을 만한 가치가 있다는 사실을 증명해 보이고 싶었다. 나중엔 왜 떠나간 사랑을 기다리고 있는지조차 잊어버린 채 무작정 기다리기만 했다.

사귄 지 일 년이 돼 가던 해, 나와 애인 사이가 묘하게 틀어지는 느낌이 들었다. 마치 우리 사이를 방해하는 누군가가 있는 것 같았다. 하지만 살펴보니 누가 우리를 방해하는 게 아니었다. 우리 사이를 망친 방해꾼이 나일 수 있겠다는 생각이 들었다.

제삼자가 우리를 갈라놓은 줄 알았을 땐, 무조건 내가 참고 기다리면 우리의 사랑이 처음으로 돌아갈 수 있을 거라고 굳게 믿었다. 나는 연인의 기분을 맞춰 주려고 무던히 노력했고, 우리 사이의 방해꾼보다 내가 훨씬 좋은 사람이란 걸 증명하기 위해 모든 걸 바쳤다. 그러나 사랑을 비교하면서부터 무엇을 위해 내 사랑을 남과 비교하는 건지 헷갈렸다.

내 연애는 그리움으로 변해 갔다. 나중엔 떠나간 사랑을 놓지 못하는 건지, 나의 노력을 포기하지 못하는 건지 구분하기 어려웠다. 배신당했다고 느낄 때마다 사랑을 꽉 쥐고 놓지 않았다.

내 마음이 상처투성이로 변해 정신을 차릴 때까지, 그 사람이 돌아오길 버티고 또 버텼다. 시간이 흐른 뒤에 깨달았다. 나는 사랑을 되찾기 위해 버틴 게 아니라 잃어버린 내 과거의 시간을 되찾고 싶어 고집을 부린 거였다.

당신이 오랫동안 어떤 일을 포기하지 않고 버티다 보면, 애초의 목적은 잊어버리고 자신이 옳다는 사실을 증명하기 위해 애쓰는 경우가 생긴다. 그게 바로 고집이다.

고집을 부리다 보면 타인의 조언이 자신의 노력보다 하찮다고 생각되는데, 바로 이때 당신의 노력은 방향을 잃는다. 당신은 더 좋은 결과를 바라지만 방향을 잡지 못하니 계속 같은 방식을 고집하게 되고, 원하는 결과를 얻지 못한 채 점점 우울해진다.

과거를 돌아보면 자신이 노력을 하는지 고집을 부리는지 확인할 수 있다. 열망으로 똘똘 뭉쳐 필사적으로 노력했던 과거의 당신과 현재의 당신이 어떻게 다른지 스스로에게 물어 봐라. 처음에 중점을 뒀던 일에 여전히 중점을 두는지, 자신이 틀렸다는 걸 인정하는 게 두려워 자신의 선택이 옳다는 걸 증명하려고 애쓰고 있진 않은지 말이다.

일의 시작과 끝만 보고 과거와 현재가 완전히 다르다고 생각하는 경우가 많지만, 시작과 끝 사이에 얼마나 많은 변화가 있었는지 결과만 가지고 가늠할 순 없다. 때문에 그 과정에서 자신의 변화된 모습도 함께 고려해야 한다. 당신은 처음에 되고 싶었던 사람으로 변했는가? 아니면 자신도 알지 못하는 사람이 됐는가?

모든 사람이 당신을 인정할 순 없다

지나친 집착은 성가신 일을 만들기도 한다. 어떤 일이 일어날 거라고 생각할수록 그 일이 일어날 가능성은 더 커진다. 예를 들어 어떤 사람과 어울리고 싶지 않은데 그 사람과 자꾸 한 팀이 된다거나, 어떤 행동이 무례하게 느껴지는데 그렇게 행동하는 사람을 자주 마주치게 된다거나 그렇다.

의도한다고 해서 어떤 일의 영향력이 커질 가능성은 없다. 하지만 당신이 그 일에 주의를 기울일수록 진짜가 될 가능성은 커진다. 당신이 속으로 생각하는 것과 두 눈으로 보는 것은 모두 성가신 일과 관련 있기 때문이다. 마음속의 경보기도 당신이 신경 쓰는 만큼 예민하게 조정되기 때문에 작은 변화가 생기면 재수 없는 일이 일어났다고 바로 경보를 울린다.

과도한 집착은, 내려놓는 걸 포기라고 오해할 때, 남들에게 조롱당하는 게 무서워질 때 강해진다. 계속 잘못할지언정 남에게 자신의 잘못에 관해 듣기 싫어하게 되고, 친구의 조언도 부정적으로 받아들이게 된다. 고집의 늪에 빠져 버린 사람은 자신의 잘못을 알아채기 어렵다.

마음을 가라앉히고 내 선택으로 삶이 행복하게 변했는지 자신에게 질문해야 한다. 좇을 만한 가치 있는 일이라면 계속 버텨야 한다. 목표 달성의 일부는 행복의 시작이기 때문이다. 하지만 바꿀 수 없는 일에 대해선 더 이상 고집부리지 마라. 바꿀 수 없는 걸 계속 이어 가는 건 당신만 괴로워질 뿐이다.

초심을 떠올려 보자. 지금 당신에게 맨 처음 그 일을 좇았던 이유가 존재하는가? 아니면 남에게 내가 얼마나 노력했는지를 증명하고 싶은 마음 때문에 중요한 일을 구분하지 못하고 있는가?

오랫동안 노력했기에 포기가 쉽지 않고, 다른 사람이 당신을 어떻게 볼지 신경 쓰인다는 걸 나도 알고 있다. 그런데 언제부터 모든 사람의 기대에 부합해야 한다고 생각했는가?

인생의 모든 기회를 놓쳐선 안 된다고 생각하는가? 여러 모양의 가면을 쓰고 사람들 앞에서 연기하는 삶이 성공한 인생이라고 생각하는가? 모든 업무에서 최고의 성과를 얻어야 의미가 있다고 생각하는가? 꼭 주위의 모든 사람이 당신을 인정해야 한다고 생각하는가?

당신은 이미 충분히 좋은 사람이다. 앞으로 당신의 모든 노력은 더 나은 걸 위함이지, 남들을 만족시키기 위함이 아니라고 자신에게 확실히 말해라. 당신의 노력을 다른 이에게 보여 주기 위해 사용하지 마라.

곤경에 빠지면 우리는 강인해야지 강한 척해선 안 된다. 자신의 부족한 부분을 인정하는 방법을 배우는 일은, 미래의 당신에게 스스로 더 나아지겠다고 약속하는 것과 같다. 우리는 완벽하지 않고, 완벽을 좇을 필요도 없다. 자신에게 성장할 수 있는 공간을 줘야 인생을 즐길 수 있다.

모든 사람을 만족시키는 건 불가능하다. 자신이 싫어하는 일을 강요한 후에 사실은 그게 내 진심이었다고 설득시키는 건 더욱 불가능하다. 한 가지 일을 위해 노력하는 건 더 나은 자신이 되기 위함이지, 타인의 기대 아래 살면서 내가 좋아하지도 않는 일을 완벽하게 이루기 위함이 아니다.

우리는 날 보는 타인의 시선을 결정할 수 없다. 노력했던 일을 내려놓으려면, 사람들의 허튼소리를 마주하거나 자기 부정의 길을 건너야 한다. 하지만 이번 생에서 당신과 가장 오래 함께할 사람은 나 자신이란 걸 잊지 않았으면 좋겠다.

당신이 행복하면 당신의 세상도 행복해진다. 자신을 있는 그대로 인정할 용기가 있어야 세상을 누리고 즐길 힘이 생긴다.

—

미련할 정도로 고집을 부리면 사람들이 불가능하다고 했던 일도 해낼 수 있습니다.
그러나 나중엔 정말 미련한 사람이 될지도 모르니 너무 오랫동안 고집을 부리진 마세요.

___1장
앞으로 좋은 일만 있을 나에게

남에게
잘 보이려고
나를 미워하지 말자

성인이 되면, 모든 이의 마음에 들 수 없다는 걸 깨닫게 된다. 사람들은 저마다 성장 배경과 가치관이 있다. 타인과 의견이 충돌한 적이 없다면, 그 의견은 상대방에게 별 볼 일 없는 것일 가능성이 크다. 모든 사람의 생각이 같을 순 없다.

남에게 잘 보이려는 건 결코 덜떨어진 행동이 아니다. 생존을 위해 마땅히 갖춰야 할 능력으로, 당신이 사람들과 잘 어울릴 수 있도록 도와준다. 동물들도 본능적으로 어떤 무리에서 절대적인 우열이 발생할 때 열세한 무리는 자연스레 우세한 무리에 맞추려 한다.

행위가 오래되면 습관이 된다. 우리가 남에게 잘 보이려고 하는 건, 자신도 모르게 안전함과 편안함을 좇기 위함이거나 누군가에게 중요한 사람이 된 자신을 잃어버리고 싶지 않아서다. 남의 마음에 드는 것보다 내 주관과 의견이 더 중요한데, 소홀히 하면 자신을 향한 사랑이 조금씩 흐릿해지고 미미해져 버린다.

우리에겐 인생이란 상자가 있다. 우리는 그 안에 조금씩 행복한 기억을 넣어 나가야 한다. 하지만 몇몇 사람은 당신의 상자에 자신들의 조언과 생각, 비난을 집어 넣으려고 한다. 물론 그들도 각자의 상자가 있으나, 그들은 당신의 상자가 개성을 잃고 자신들의 상자와 똑같은 모습으로 변하는 것을 원한다.

명심해라. 모든 이를 만족시키는 건 불가능하다. 상대방을 만족시키지 못하는 건 당신이 부족해서가 아니라, 당신을 향한 상대방의 편파적인 생각과 악의가 담긴 질투가 가득하기 때문이다. 당신이 무언가를 잘해 내도 당신을 미워하는 사람은 어떻게든 당신의 단점을 찾아내려고 두 눈에 불을 켤 것이다.

당신을 무너지게 하는 건 그들의 목소리가 아니라 그것을 오랫동안 담아 두는 자신의 마음이다. 때문에 굳이 그런 사람들을 신경 쓸 필요 없다.

대개 자기 인생을 기준으로 타인을 비난하고 욕한다. 당신을 욕하는 사람과 당신의 인생은 애초에 같을 수 없으니 더욱 신경 쓰지 않아도 된다.

우리는 세상에 단 하나뿐인 존재다. 다른 사람과 똑같을 필요가 없다. 또 모든 이를 만족시킬 필요도 없다. 자신이 사랑하는 일을 찾아내고 노력하라.

좋아하는 일들로 당신의 삶을 채우면 자연스럽게 당신의 삶을 사랑하게 될 거다. 당신이 잘못을 저질러 비난을 받아도 노력을 통째로 부정할 필요는 없다. 노력한 것만으로도 당신의 인생은 이미 충분히 가치 있다.

세상에 완벽한 사람은 없다. 완벽할 순 없지만, 성장할 순 있다. 인생에서 중요한 건, 잘하고 못하고의 결과가 아니라 끊임없는 노력이다. 더 좋은 내가 되기 위해 멈추지 않고 전진한다면 당신을 비난하는 목소리들은 점점 멀어져 갈 것이다.

남을 욕할 줄만 아는 사람들은 대부분 발전 없이 제자리에서 큰소리치는 사람들이다. 미래를 향해 전진하라. 그럼 당신의 세상은 좋은 일들로 가득 찰 것이다.

인생이란 상자에 무언가를 넣을 수 있는 공간은 제한적이다. 그래서 당신은 종종 상자를 정리해야 하고 상자 안의 세상에 관심을 가져야 한다. 싫어하는 것들로 상자를 채워 버리면 상자를 열기도 싫을 것이다.

우정도 사랑도 모두 쌍방이다

모든 사람은 성장을 거치며 그 과정에서 다양한 사람을 만난다. 당신과 아주 잘 맞는 사람도 있고, 안 맞는 사람도 있을 것이다. 또 당신이 자신의 무리에 와 주길 은근히 바라는 사람도 있을 것이다. 이유 따위는 묻지 말고 귓속말로 누군가와 가까이 지내지 말라는 사람도 있을 테다. 그들의 마음이 진짜든 가짜든, 타인에게 잘 보이기 위해 원래 내 모습까지 버릴 필요는 없다는 걸 기억했으면 좋겠다.

누구든 넓고 깊은 인맥을 원한다. 또 인간관계에서 사람들에게 환영받는 건 좋은 일이다. 하지만 자신을 희생하면서까지 타인의 관심을 얻으려고 한다면, 행복한 삶을 살기 어려울 것이다. 다른 사람에게 아무리 사랑받는다고 해도 자신을 사랑하는 것만큼 중요하진 않기 때문이다.

무리해서 친구가 된 사이라면, 상대방은 진심으로 당신을 좋아한 게 아니라 그저 당신이 베푸는 호의에 장단을 맞춰 준 것뿐이다. 우정이든 사랑이든 모두 쌍방으로 이뤄져야 한다. 서로의 좋은 점을 함께 볼 수 있어야 관계가 오래 지속될 수 있다.

인생을 살다 보면 버리는 것도 있고 얻는 것도 있다. 내가 사랑하는 삶을 살려면 용기가 필요하고, 적절한 시기에 타인을 거절할 줄 알아야 한다. 쉬운 일이 아니다. 하지만 이를 통해 다른 사람은 보지 못한 인생을 만날 수 있다.

내가 가장 좋아하는 모습으로 인생을 살아가면, 내 주변에 내가 좋아하는 사람과 일이 남는다는 사실을 깨닫게 될 거다. 도중에 포기하는 사람도 있다. 그들은 길을 떠나기 전에 점점 멋지게 변할 당신을 질투하고 욕할 수 있다.

결국 당신이 신경 써야 할 사람들만 주위에 남게 된다. 이들과는 서로의 비위를 맞추며 지내도 자신을 사랑하며 즐겁게 보낼 수 있다.

더 좋은 자신이 되고 싶다면 다른 사람을 만족시키려는 노력들을 그만둬야 한다. 다른 사람을 실망시키지 않기 위해 노력하다 보면, 모든 사람의 비위를 맞추느라 정작 자신을 사랑하지 못하게 되고 미워하게 되기 때문이다.

―

튼튼한 자루라도 너무 무거운 것을 넣으면 망가질 수 있습니다.
우리의 마음도 그렇습니다.
때때로 우리의 마음이 망가지는 건 당신이 나약하기 때문이 아니라 감당할 수 없는 것을 마음에 채워 넣어 그런 겁니다.
우리는 용감하게 과거를 떼어 내는 법을 배워야 합니다.

아무리 강한 사람이라도 숨 쉴 공간은 필요한 법이거든요.

숨 쉴 틈을 줘야 내가 사랑하는 삶을 살아갈 수 있습니다.

나는
생각보다 훨씬
좋은 사람이다

    '믿음'은 시간이 걸리는 일이다. 한순간에 타인을 믿는 사람은 극히 드물다. 보통 오랜 시간이 지나야 경계가 풀리고, 그때 가까워지는 친구를 진심으로 대한다. 사실 이번 생에 나와 가장 오래 함께할 사람은 바로 나 자신이다. 하지만 우리는 인생의 중요한 시점에 오히려 자신에 대한 믿음을 잃어버린다.

    자신을 믿지 못하는 이유는 자신을 부정하는 남들의 말과 이따금 출처를 알 수 없는 악의적인 비난을 신경 쓰기 때문이다. 이때부터 자신에 대한 의심의 물결이 피어나기 시작한다.

    악의를 품은 비난이나 타인이 보내는 이유 없는 미움은 삶의 곳곳에서 일어난다. 영원히 익숙해질 순 없겠지만, 세상이란 게 원래 그렇다.

당신이 위로 올라가기 위해 애를 쓰면 언제나 당신을 밑으로 끌어내리려는 사람들이 있다. 그들은 종일 당신의 말과 행동에서 잘못된 점을 찾기 위해 예의 주시한다. 그러다 당신이 잘못하는 순간을 발견하면 제일 먼저 다른 사람에게 당신의 잘못을 떠벌린다. 그들은 당신처럼 발전할 생각도 없고 현재에 만족할 줄도 모르지만, 당신이 자신들을 추월하는 꼴은 죽어도 보기 싫어한다. 이게 바로 당신이 남보다 자신을 믿어야 하는 이유다.

스스로 매길 수 있는 내 점수를 타인이 정하게 내버려 두지 마라. 누군가 당신을 기죽일 때 자신을 의심하지 마라. 당신의 전진은 다른 이에게 잘 보이기 위함이 아니다. 당신이 자신에게 관심을 가지면 당신에게 일어나는 모든 일을 원동력으로 바꿀 힘이 생긴다.

이유 없이 당신을 미워하는 누군가에게 당신의 소중한 인생을 소모하지 마라. 삶이 내가 원하는 방향으로 흘러가지 않아도 누군가를 미워하지 마라. 이유 없이 당신을 미워하던 사람들과 똑같이 변하지 마라. 누군가를 좋아하는 마음과 미워하는 마음은 끝이 없고, 언젠간 자신의 선택에 책임져야 하는 날이 온다.

자신을 사랑하는 원동력을 지켜라. 당신이 좋아하는 삶을 위한 노력을 포기하지 마라. 자신을 믿고 언제나 최선을 다해 매일을 살아가라. 나쁜 일은 어제에, 과거에 남기는 법을 배워라. 그럼 더 아름다운 내일을 맞이하고 즐거운 마음으로 미래를 향해 전진할 충분한 여유가 생긴다.

남이 딱히 뭐라고 하지 않아도, 멋진 미래에 대한 간절함 때문에 자신의 부족함이 두드러져 보이고 자신의 모든 것이 의심될 때가 있다. 사람이라면 누구나 남이 부러울 수 있다. 하지만 그 마음이 지나치면 상처를 받는다. 부족한 것 하나 없고 무엇이든 잘하는 것처럼 보이는 남의 겉모습만 좇다 보면, 지금 자신이 하는 일을 쉽게 얕보게 되고 자신이 좋아하는 일까지 부정하게 된다.

모든 성공 뒤엔 남들이 모르는 엄청난 노력이 숨어 있다. 모든 일의 가치는 시간이 흐르고 빛을 발한다. 빛을 발하기까지의 과정에서 어떤 걸 포기하고 어떤 걸 얻었는지는, 직접 그 길을 걸어본 사람만 알 수 있다.

자신을 신뢰할 때 좋은 일이 일어난다

우리는 저마다 자신을 재촉하는 마음의 북소리를 갖고 있다.

자신의 소리를 진심으로 듣고 반응하여 용감하게 발걸음을 내디딜 때 어느 방향으로 나아가야 할지 알 수 있다.

최선을 다한다는 건 주어진 일에 몰두하는 것이다. 끊임없는 학습을 통해 꾸준히 성장하다 보면 그 일은 어느새 당신이 잘하는 일이 돼 있을 거다.

어쩌면 시간이 모자라 얻어야 할 결과를 얻지 못할 수도 있지만, 그 과정에서 반드시 예전보다 더 자신감을 얻을 수 있다. 가다 서기를 반복하며 최선을 다해 끝까지 노력하면, 마지막엔 후회가 아닌 노력한 만큼의 빛을 보게 될 것이다.

자신에 대한 믿음과 관련된 얘기를 계속해 보겠다. 당신은 실패를 받아들일 줄 알아야 한다. 노력하는 과정에서 실패는 흔히 일어나는 일이다. 노력하지만 실패하지 않는 것이야말로 이상한 일이다.

성공은 기분 좋은 결과를 가져다주지만, 진정으로 무언가를 배우는 순간은 보통 실패할 때다. 타격을 입었을 때 바로 일어날 필요는 없어도 그대로 쓰러져선 안 된다. 이를 악물어도 좋고, 실패를 인정하지 않아도 좋다. 어쨌든 끝까지 버텨야 한다.

사실 말이 쉽지, 정말 실패하면 죽을 만큼 괴롭다. 하지만 고통을 견뎌 낼 때 강해지고, 그 시간을 통해 멋진 미래로 나아가는 가장 좋은 방법을 발견할 수 있다.

시간이 조금 더 지나면 알게 된다. 실패한 자신을 받아들일 준비가 된 사람이 성공한 자신을 만날 준비가 된 사람이란 걸.

자신을 더욱 신뢰하는 방법을 배워라. 남들이 할 수 없다고 생각하는 일을 해낼 수 있다고 믿어라. 도전으로 가득 찬 미래와 맞서 싸울 수 있다고 믿어라. 언젠간 짜증나는 일에서 벗어날 수 있다고 믿어라. 그리고 오늘 노력한 만큼 더 좋은 내일이 쌓일 거라고 믿어라.

용감하게 앞으로 나아가든, 울면서 겨우겨우 앞으로 나아가든 당신을 비난하는 말에 항복하지 말고, 두려움 때문에 걸음을 멈추지 마라.

우리에겐 매일 자신을 칭찬하거나 꾸짖을 기회가 있다. 당신의 선택에 달려 있다. 그렇게 매 순간의 선택이 쌓여 평생 자신을 칭찬할지 꾸짖을지 결정된다.

만사에 바른 사람이 될 필요는 없다. 그게 오히려 더 피곤할 때가 있다. 그러나 반드시 자신의 좋은 면을 볼 줄 아는 사람이 돼야 한다. 자신이 원하는 일에 최선을 다하며 삶에 노력의 흔적을 남겨라.

분명 인생의 모든 곳엔 괴로움이 있다. 하지만 당신이 최선을

다해야 인생에서 더 좋은 기회, 더 좋은 사람, 더 좋은 일을 만날
수 있다.

훗날 인생을 뒤돌아볼 때 당신의 과거는 미래를 위한 최고의
준비였음을 발견하게 될 거다.

—

외로움 때문에 무턱대고 타인의 손을 잡지 마세요.

도움받을 곳이 없다고 타인이 강요하는 삶을 살지 마세요.

마음속에 걱정과 두려움이 솟아나는 건 나아가야 할 길이 어려워
서가 아니라, 당신에게 새로 시작할 힘이 있다는 걸 잊었기 때문
입니다.

울든 웃든 결국 다시 일어설 방법을 찾아야 합니다.

완벽해지려고 노력하지 않아도 된다는 걸 기억하세요.

완벽을 좇으면 계속 단점만 바라보게 됩니다.

쉽게 포기하지 않는 방법을 배우세요.

포기하지 않고 계속 노력한다면, 미래는 반드시 당신이 원하는
모습으로 변할 겁니다.

넘어지고 부딪힐 때
비로소
보이는 길

인생에 대하여

나는 내가
잘됐으면
좋겠다

인생엔 선택할 수 없는 두 가지가 있다고 생각한다. 첫째는 출생, 둘째는 직업이다.

우리는 어떤 집안에서 태어날지 선택할 수 없다. 누군가는 부유한 집안에서 태어나 큰 스트레스와 근심, 걱정 없이 인생을 산다. 반대의 경우도 있을 거다.

서로 다른 가정 환경은 저마다의 장단점이 있기에, 이를 가지고 남과 나를 비교할 필요도, 비교할 수도 없다. 자신에게 부끄럽지 않은 멋진 인생을 살고 싶다면, 남과 나를 비교하며 이것저것 따지기보다 미래를 확실하게 계획하는 편이 낫다.

직업 또한 인생에서 선택할 수 없다고 말했는데, 엄밀히 따지면 '기술적인 직업'을 말한 것이다. 우리는 직업을 선택할 수 있다. 다만, 경제적인 이유로 어쩔 수 없이 싫어하는 일을 선택해야 하거나, 불안정한 취업 시장 때문에 어쩔 수 없이 좋지 않은 근무 환경에 묶여 버릴 때가 있다.

싫어하는 일을 하는 건 사람을 꽤 괴롭게 만든다. 정규 근무 시간에 식사 시간과 야근까지 합치면, 하루 평균 열 시간을 회사에서 보낸다. 회사 사무실에 열 시간 동안 있는 것도 피곤한데 짜증나는 일들을 처리해야 하고, 어울리기 힘든 동료들과 얘기를 나누며 억지로 입꼬리를 끌어올려야 한다.

많은 사람이 자신이 싫어하는 일을 하며 인생에 대한 원망과 분노를 쌓아 간다. 삶의 모든 곳에 조금씩 영향을 미치고 싫어하는 삶을 살아가게 만들어 버린다.

행운이 찾아오지 않는 이상 마음에 드는 직장을 만나기란 쉽지 않다. 설령 좋아하는 일을 한다고 해도 짜증나는 일이 발생하기 마련이다.

제한적인 공간 안에 사람이 넘쳐 나면, 도저히 이해할 수 없는 타인의 행동이나 태도가 눈에 띌 수 있다. 유독 몇몇 사람은 사사건건 당신의 의견에 반대표를 내민다. 당신은 어떤 문제의 해결

책을 찾느라 눈코 뜰 새 없이 바쁜데 상대방은 문제를 더 크게 만든다. 당신이 문제를 해결하면 본인이 새로운 문제를 찾아낸 덕분이라며 뻔뻔하게 공을 가로채 간다.

모든 직업은 성장으로 만들어진 결과다. 싫어하는 일에서 벗어나고 싶다면 우선 자신이 발전해야 된다. 가만히 앉아서 나쁜 일만 원망하면 당신에게서 좋은 일을 멀어지게 만들 뿐이다. 그렇다고 모든 불만을 무조건 참으란 뜻은 아니다. 당신에겐 싫어하는 환경에서 벗어날 기회가 있다. 하지만 그곳을 빠져나갈 능력이 준비돼 있지 않으면 기회는 찾아오지 않는다.

싫어하는 업무 환경에서 일해야 하는 처지라면, 업무를 통해 성장할 수 있는 곳에 마음의 초점을 맞춰 강점을 키워 나가야 한다. 내가 먼저 변해야 나를 따라 주변이 변하기 때문이다. 싫어도 계속해 왔던 일이 결국 당신을 성장하게 만들었음을 시간이 흐르면 깨닫게 된다.

그러므로 사사건건 당신에게 반대하는 사람이 있다면 그 사람이 원하는 최고의 반응을 보여 주는 게, 그 상황에서 빠져나오는 가장 빠른 방법이다. 몇 년이 지나면 당신을 못살게 굴던 일들도 정말 하찮은 일이 돼 있을 거다.

좋아하는 인생을 찾기 위한 노력

한 사람이 힘든 순간을 어떻게 보낼지 결정하는 건, 역경을 극복할 때 자신을 응원해 준 격려와 도망치고 싶은 마음을 저지할 수 있는 용기다. 격려와 용기 모두 의지가 필요하다.

배가 고프거나 잠이 부족하면 쉽게 짜증을 내는 것처럼, 무의미한 일에 정신을 쏟아 버리면 금방 에너지를 잃게 된다. 삶과 일이 더욱 고통스러울 수밖에 없다. 좋아하는 일을 찾지 못했다면, 좋아하는 삶을 찾으려고 노력하라. 인생의 만족을 자신의 손안에 넣어라.

삶을 사랑하는 당신의 마음이 싫어하는 업무에 빼앗기지 않도록 늘 자신을 일깨워라. 스트레스를 받더라도 그게 꼭 일을 하고 돈을 버는 것 때문이라고 생각하지 마라.

비록 근무 시간이 하루의 대부분을 차지하지만, 일상에서 만족감을 얻는 순간은 대부분 업무 외 시간이다. 업무 외 시간을 잘 보낼 수 있는 취미를 가져라. 퇴근 후엔 책을 읽고 충분한 휴식을 취하고, 쉬는 날엔 자신의 세상에 빠져 인생의 아름다움에 집중해 보는 것도 좋다.

업무 외 시간을 잘 활용하여 삶의 질을 높이면 직장 생활의 원동력이 생긴다. 마음을 다잡고 에너지를 끌어올리면 업무 효율도 높아지고, 좋은 사람과 일들이 내 주변에 가득해진다.

붙잡으면 안 될 일들은 내려놓는 방법을 배워라. 마음을 비우려고 노력해야 좋은 일이 조금씩 당신의 삶에 들어올 수 있다. 행복은 단순하다, 복잡할 필요 없다. 반드시 무언가를 얻은 후에 행복을 느낄 필요도 없다. 행복은 노력하는 과정 동안 이미 쌓였다.

목표를 달성해야 기분이 좋아지는 줄 알지만, 원하는 걸 얻어도 생각만큼 짜릿하지 않다. 당신이 정말 기분 좋은 이유는 미련이 남지 않을 때까지 최선을 다해 노력했기 때문이다.

주어진 일에 최선을 다하고, 꼼꼼히 다음 여행을 계획하고, 정성을 다해 구석구석 방을 정리하고, 자신을 가꾸는 데 마음을 쏟아라. 겉보기에 간단한 일을 해낸 것처럼 보여도, 사실 자신에게 잘 살고 있다고 말해 주는 것들이다.

최선을 다해 인생을 살다 보면 당신의 삶은 자연스럽게 좋아진다. 사무실 의자에 엉덩이를 붙이고 앉아 좋아하지 않는 일을 하더라도 내가 사랑하는 삶을 살아갈 수 있다.

—

직업은 돈과 관련 있기 때문에 내가 원하는 직업을 선택하기란 참 어렵습니다.

하지만 당신 마음의 주인은 당신이란 걸 잊지 마세요.

남들이 하는 말과 생각은 어디까지나 참고용이지 어떤 일을 선택

할진 당신이 결정합니다.

더 자주 웃고 더 많이 감동하세요.

일상 속에서 더 많은 가능성을 찾는 방법을 배우세요.

스스로 즐거움을 찾는 건 리본이 묶인 예쁜 선물과 같습니다.

리본을 풀고 선물 상자를 여는 방법을 알게 되면, 당신은 더 멋지

고 행복한 자신을 만날 수 있을 겁니다.

:

힘들면
다른 길로
가도 괜찮다

　우리는 인생의 길이 하나뿐이라고 생각한다. 적어도 내가 만났던 이들은 모두 비슷한 인생 경험을 가졌다.

　대학교를 졸업하고 첫 직장에 들어가지만, 터무니없는 액수의 월급을 받으며 일해야 하는 현실에 부딪힌다. 삼사 년 일하다 보면 경력은 쌓이지만, 능력은 충분한데 승진이 되지 않는 현실에 부딪힌다. 칠팔 년 후엔 틀에 박힌 일이 익숙해지고, 더 이상 발전할 가능성이 없는 직업의 현실에 부딪힌다. 그러다 사십 대의 문턱에 들어서면 가족을 부양해야 하는 경제적 압박의 새로운 현실에 부딪힌다.

우리는 어딜 가든 현실이란 벽에 부딪힌다. 하지만 그것을 받아들이는 건 오롯이 당신이 결정한다. 현실을 받아들이기 힘들다면 억지로 감당할 필요는 없다. 인생에 오직 그 길밖에 없는 것처럼 자신을 몰아붙이지 않아도 된다.

대학원 졸업을 앞둔 나는 군 복무를 선택해야 하는 현실에 부딪혔다. 그때 같은 과 남학생들은 너도나도 사회 복무 요원 면접을 잡기 위해 회사에 이력서를 넣었다. 반드시 학위는 석사여야 하고 필기시험을 통과한 사람만이 면접을 볼 수 있었다. 면접에 합격하면, 일 년이 넘는 부대 생활을 최저 임금보다 낮은 급여를 주는 회사의 사 년 직장 생활과 맞바꿀 수 있었다.

기본적으로 수지 타산이 맞는 거래라고 볼 수 있다. 물론 전역 일이 지나야 제대로 된 급여를 받겠지만, 사회 복무 요원들은 사 년 동안 필드 경험을 쌓을 수 있기 때문에 군대 안에서 일 년이 넘는 시간을 허비하지 않아도 된다. 더구나 업무 성과가 좋으면 회사도 사 년간 당신을 믿고 키우려 할 테고, 오 년째 되는 해엔 분명히 급여도 크게 오를 것이다.

나도 함께 서둘러 이곳저곳에 이력서를 뿌렸다. 한두 곳에서 면접을 보고 나니 의문이 들기 시작했다.

'이게 내가 선택할 수 있는 유일한 길일까? 아니면 마땅히 선택해야 하는 길일까?'

머릿속에 이런 질문이 떠오르기 전까지 현역병에 관해 전혀 생각하지 않았다. 같은 과 친구들이 사회 복무 요원이 되기 위해 여기저기 면접을 보러 다니기에, 나도 친구들을 따라 이력서를 넣었다. 그러지 않으면 안 될 것 같은 기분이 들었다. 내 선택에 대한 의문이 들었을 때, 지금까지와는 전혀 다른 생각이 스쳐 지나갔다.

'내가 선택할 수 있는 다른 길은 없는 걸까?'

선택할 수 있는, 또 다른 길

그 순간 바로 현역병으로 입대해야겠다고 생각했다. 눈앞에 놓인 길을 다시 한 번 생각해 보니 사회 복무 요원이 유일한 길이 아님을 깨달았다. 어쩌면 그 길은 내게 최선이 아니었을 수도 있다.

한 회사에 사 년간 묶여 있는 건 무얼 의미할까? 정규직이 아니니 업무 스트레스가 적을 수도 있고, 직장을 잃을까 봐 걱정하는 일도 없을 거다. 하지만 나의 노력이 월급에 반영되진 않을 거다. 적당한 업무 스트레스가 과연 내가 원하는 것일까? 조금이라도 젊을 때 많이 도전해 보고 그에 상응하는 대가를 받는 게 낫지 않을까?

입대는 일 년이 넘는 시간을 낭비하는 거라고 들었는데 그런 생각은 어디에서 시작된 걸까? 내가 직접 경험한 일도 아닌데, 왜 나는 입대하면 인생을 낭비할 거라고 생각한 걸까? 어른들은 군대에 다녀온 남자가 진짜 남자라고 하던데, 구시대적인 발언이지만 충분히 생각해 볼 만한 말이 아닐까?

긴 고민 끝에 나는 친구들과 완전히 다른 선택을 했다. 난 입대를 선택했다. 그리고 일반 사병보다 조금 더 도전적인 예비 소위에 지원했다. 지금 생각해도 정말 용기 있는 행동이었다. 만약 내게 다시 선택할 기회가 주어지고, 현역 입대를 할 거냐고 묻는다면 대답하지 못할 것 같다.

한 가지 확실하게 말할 수 있는 건, 십칠 개월의 군 복무 기간 동안 지금까지 경험해 보지 못했던 것들을 경험했다는 거다. 그때의 경험은 훗날 직장 생활에서도 매우 도움이 됐다.

가장 인상 깊었던 건, 스물다섯 살도 되지 않은 어린 내게 회사의 한 부서와 맞먹는 규모의 인원을 관리할 기회가 생겼다는 거다. 배치된 인원만 200명이 넘었다. 나는 매일 밤 잠들기 전 각 분

대와 소속 사병들이 해야 할 일을 계획했고, 분대장이나 고참 사병들의 신병 인솔 배치를 준비했다. 그뿐만 아니라 상관이 분부한 크고 작은 일을 즉각 처리해야 했고, 불공평한 군내 관행을 견디며 마음을 달래느라 바빴다.

이 모든 건 내가 전혀 예상하지 못한 일이었다. 예비 소위에 도전하겠다고 작정한 건 나였지만 요행을 바랐다. 나는 내 학위를 믿고서 적당히 바쁘게 돌아가는 교육 단위에 배치되지 않을까 막연하게 생각했다. 기회도 있었지만 내 운은 최악이었다.

그때 나는 우리 과에서 세 번째로 성적이 높았기 때문에, 학교에서 사회 복무 요원으로 지낼 수 있는 확률이 50퍼센트였지만 당첨되지 않았다. 더 최악인 건, 추첨 쪽지의 10퍼센트에 해당하는 실전 부대에 당첨됐다는 거다. 결국, 나는 실전 부대에서 군 복무를 해야 했다.

나는 일 년이 넘는 시간 동안 많은 어려움을 극복했다. 지금 생각해 보면 상상하기 어려운 터무니없는 상황도 참 많았다. 하지만 그런 일을 경험한 덕분에 어려움이 닥쳐도 예전만큼 힘들다고 느껴지지 않는다.

군 복무를 돌이켜 보면, 하늘은 내가 멋지게 성장할 기회를 줬고, 난관에 봉착했을 때 문제를 여유롭게 직면할 수 있는 마음의 근육을 키워 줬다.

힘들면 쉬어 가라, 그래야 멀리 갈 수 있다

현실을 향해 어쩔 수 없이 고개를 숙여야 할 때가 많다. 그때 인생에 선택의 여지가 없다고 생각하면, 미래에 대한 믿음과 희망이 사라지기 시작한다.

나는 당신이 이 사실을 꼭 기억하길 바란다. 당신을 무너뜨리는 건 당신을 미워하는 사람, 당신을 향한 비난을 포함한 외부적인 요소가 아니라 당신 마음속에 있는 당신 자신이란 걸 말이다.

당신은 지레 아직 일어나지도 않은 일을 최악의 상황으로 만들어 버리고, 미래엔 나쁜 일이 일어날 거라고 상상한다. 하지만 좋은 일은, 당신이 용기를 내어 한 걸음을 내디딘 후에야 당신을 찾아간다.

나는 사회 복무 요원이 되지 않기로 마음먹었지만, 한동안 어디로 가야 할지 몰라 계속 헤맸었다. 괜히 군 복무를 택했다가 돌이킬 수 없는 강을 건너는 건 아닌지 두려웠다.

우리가 두려워하고 걱정하고 고민하는 것들은 자신의 상상으로 만들어 낸 경우가 많다. 사회 복무 요원을 선택했다면 내 인생에 또 다른 기회가 찾아왔을까? 잘 모르겠다. 하지만 군 복무를 택하지 않았다면, 아마 그때 겪은 일은 평생 경험하지 못했을 거다. 또 성숙한 시야로 세상을 바라볼 수도 없지 않았을까.

인생에서 난관에 부딪혔을 때 선택할 수 있는 길은 하나뿐이라고 생각하지 마라. 어떤 길을 선택하더라도 무리해서 끝까지 가지 않아도 괜찮다. 노력은 중요하지만 도착 지점이 크게 달라지지 않는다면 굳이 한 길을 고집할 필요는 없다.

어렸을 땐 인생이 직선이라고 생각했다. 걷고 걸으면 원하는 곳에 도착하는 직선으로 말이다. 인생은 직선임이 틀림없기에 최선을 다해 노력하고 끝없이 에너지를 쏟으며 앞으로 나아갔다. 그런데 나이가 들고 보니, 인생은 일직선이 아니라 구부러진 길이고, 곳곳에 방해물이 도사리는 길이란 사실을 깨달았다.

얄궂은 인생은 때때로 왔던 길을 다시 돌아가게 만들어 우리의 마음을 고달프게 하기도 한다. "휴식은 더 먼 길을 가기 위한 것이다"라는 말이 무슨 뜻인지 알아도 행동으로 증명하기란 어려운 것처럼 말이다.

종종 휴식을 위해 멈춘 시간이 앞으로 나아가는 시간을 뛰어넘는다. 누군가는 쉬지 않고 나아가는 게 인생이라고 하지만, 휴식도 적당히 필요하다는 걸 당신도 알 거다.

힘들면 쉬어야 하지만 힘들다고 영원히 멈춰선 안 된다. 과거는 인생의 경험으로 삶에 남기 때문에, 과거로 돌아갈 수 없다. 그래서 더 용기를 가지고 나아가야 할 길이 무엇인지 확실히 알아야 한다.

원하는 바를 이루기 위해 노력하기를 선택해야 하고, 주어진 자원을 활용해 꿈에 새로운 바람을 불어넣어야 한다.

앞으로 나아가기 힘든 현실이라면 구태여 현실에 부딪히려고 애쓰지 마라. 대신 앞으로 나아가기를 멈춰선 안 된다. 당신은 예전만큼 열정이 없더라도 이전보다 경험이 많기 때문에, 자신이 원하는 게 무엇인지 잘 알고 있다.

멈추지 않고 나아가는 한, 꿈이란 풍선은 당신의 노력으로 가득 차 훗날 높이 날아오를 것이다.

—

당신을 아프게 하는 말에 너무 신경 쓰지 마세요.
그 말을 받아들이지 않는 마음이 더 중요합니다.
문제가 생겼을 때 고민하지 마세요.
문제를 마주할 용기를 찾는 것이 더 중요합니다.
꿈이 너무 먼 곳에 있다고 걱정하지 마세요.
꿈을 이룬 미래의 당신이 더 중요합니다.

실패했다고 자신감을 잃거나 미련 때문에 문제를 계속 붙잡고 있으면 안 됩니다.
세상의 모든 고난은 지나가기 마련입니다.

노력할 마음만 있다면 당신에게 일어나는 모든 일은 미래를 위한

최고의 준비가 될 겁니다.

어제의 나와
오늘의 나만
비교하자

．．．

비교는 인간의 본능 같다. 초등학생 땐 누구 아빠의 직함이 더 높은지 비교하고, 누구 엄마가 더 예쁜지 비교한다. 중학생 땐 누구의 시험 점수가 더 잘 나왔는지 비교하고, 누가 더 좋은 고등학교에 들어갔는지 비교한다.

대학생 땐 누가 먼저 애인이 생겼는지 비교하고, 누가 캠퍼스에서 더 잘 나가는지 비교한다. 사회생활을 시작할 땐 누가 더 좋은 직장에 들어갔는지 비교하고, 누구 연봉이 더 높은지 비교한다. '누가' 어떤 차를 사고, 어떤 집에 산다는 얘기가 들리면 두 귀가 쫑긋 선다.

우리는 알게 모르게 사회가 정해 놓은 기준에 맞춰 자신이 걸어온 길이 올바른지 아닌지를 단정 짓는 데 익숙해져 있다.

비교는 인간의 본능이지만 동시에 발전의 원동력이다. 하지만 비교의 초점이 발전에서 누군가를 뛰어넘기 위한 수단으로 바뀌면 일을 하는 이유도 함께 변한다. 예를 들어 가치를 보고 일을 시작했을지라도 나중엔 사람들의 칭찬에 집착하게 된다.

단순한 숫자로 결과를 비교할 때 일의 가치와 초점은 더욱 희미해진다. 숫자로 비교하면 바로 우열을 가릴 수 있지만 그건 숫자에 불과하다. 한 사람의 노력이 가치 있는지 없는지를 숫자로만 판단할 순 없다. 성적이든 연봉이든 모두 숫자로 나타낼 수 있지만, 그 숫자로 인생을 계획해선 안 된다.

비교 뒤에 숨어 있는 '실망'이란 감정을 예의 주시해야 한다. 우리는 자신이 남들보다 부족하고 남들의 기준에 못 미칠까 봐, 부모님과 가족 그리고 친구들에게 실망을 안길까 봐 좋아하는 길을 포기하고 겉보기에 장애물이 가장 적고, 가장 마음 편히 갈 수 있는 길을 선택한다.

그러다 어느 날 뒤를 돌아보고 다시는 출발점으로 돌아갈 수 없다는 걸 깨닫는다. 그제야 자신이 선택한 길이 주변 사람들은 만족했을지 몰라도, 자신의 꿈은 과거에 갇혀 버렸다는 걸 알게 된다.

끝없이 비교하다 보면 인생이 멈춰 버린다. 당신은 끊임없이 더 좋은 걸 갈망하고, 끊임없이 부족한 자신을 미워할 거다. 겉으론 많은 것을 얻었어도 당신의 만족은 채워지지 못하고 계속 갈증을 느낄 거다. 매일 나와 누군가를 비교하다 보면 아무리 비교해도 당신의 인생이 행복해지지 않는다는 걸 깨닫게 될 거다.

당신의 것이 아닌 것으로 다른 사람과 비교하지 마라. 또 자신이 가진 것을 다른 사람에게 뽐내지도 마라. 당신은 남을 위해 사는 것이 아니다. 비교의 늪에 빠지면 빠질수록 삶의 중심만 잃어갈 뿐이다.

남과 비교하지 않는 인생을 선택하라

비교에서 벗어나면 모든 사람이 유일무이한 존재란 걸 깨닫게 될 것이다. 똑같은 모양의 눈송이를 찾을 수 없는 것처럼, 사람과 사람 사이에도 똑같은 개성은 없다. 당신이 만들어 낸 인생은 다른 이의 인생과 같을 수 없고, 다른 사람의 인생도 당신의 인생과 같을 수 없다. 모든 인생은 각자의 경험과 속도가 있다.

인생의 가치는 저마다 기준점이 다르므로, 누군가가 지금까지

해 온 일의 가치를 다른 사람의 것과 쉽게 비교해선 안 된다. 가치는 아무리 비교해도 정확할 수 없다. 성인의 키를 아이와 비교하지 않는 것처럼, 인생의 속도도 마찬가지다.

사람들은 겉보기엔 잘 지내는 것처럼 보이지만, 부목을 밟고 간신히 물 위에 떠 있다고 볼 수 있다. 늘어나는 빚과 화려한 겉모습을 맞바꾼다. 이런 인생은 겉으론 화려해 보일지 몰라도, 속을 들여다보면 깊은 한숨이 가득 차 있다.

당신은 과거의 당신과 현재의 당신을 비교하기만 하면 된다. 매일 자신을 조금씩 발전시키고, 해야 할 일을 미루지 않고 해내면 된다.

목표를 향해 나아가는 것만으로도 당신은 이미 위대한 성과를 이뤘다. 많고 적음, 높고 낮음, 우수함과 열등함, 좋고 나쁨으로 나와 누군가의 성과를 비교할 필요는 없다. 비교하는 삶에서 벗어나면 당신도 언젠가 진짜 원하는 삶을 살게 될 거다.

모든 이의 인생엔 그 사람이 걸어온 길이 있다. 남과 비교하며 스스로가 얼마나 멋진 길을 걸어왔는지 증명하지 않아도 된다. 설사 조금 뒤처질지라도, 당신의 미래가 남들보다 부족한 것은 아니니 고개 숙이고 걷지 않아도 된다.

마음을 가라앉히고 자신의 길을 가야 기분 좋게 발걸음을 내디딜 수 있다. 과거를 고민하는 삶보단 남과 비교하지 않는 삶을 선

택하라. 그리고 즐겁게 그 길을 걸으며 자신이 좋아할 만한 길을
만드는 데 최선을 다하라.

—

비교하길 좋아하는 인간의 본능 때문에 자기 불만족의 늪에 빠지
지 않도록 주의하세요.
당신은 타인의 비위를 맞추려고 살아가는 게 아닙니다.
세상의 시선을 신경 쓰는 것보다 더 중요한 건, 더 좋은 자신이
되기 위해 노력하는 것입니다.

인생에
'너무 늦은 시작'이란
없다

나는 메리 부인을 모르지만, 그녀의 얘기는 사람들을 위로하고
격려한다.

메리는 어려서부터 그림에 관심이 많았다. 그림에 대한 그녀의
관심은 교실이 하나밖에 없는 초등학교에서 시작됐다. 그땐 집이
가난해 회화용 도구를 살 돈이 없었다. 그래서 그녀는 집에 있는
레몬과 포도를 물감으로 사용했고, 마음 가는 대로 눈으로 봤던
농촌의 삶에 색을 입혔다. 어릴 때부터 그림에 관심이 있었지만,
현실은 그녀가 붓을 들지 못하게 막아섰다.

메리는 미국의 가난한 농촌 가정에서 태어났다. 집안 형편이

너무 어려워 열두 살이 되던 해에 등 떠밀려 집을 떠나 근처 부잣집에서 가정부로 일했고, 그녀가 스물일곱 살이 되던 해에 결혼하면서 가정부의 삶은 끝이 났다.

가난은 그녀의 어린 시절을 앗아 갔을 뿐만 아니라 그녀가 좋아했던 그림 향한 열정까지 빼앗아 갔다. 열두 살 때부터 가정부로 지내면서 그림 배울 기회를 놓쳐 버렸고, 결혼 후엔 생계를 이어 가느라 그림을 배울 기회조차 없었다. 또 아이들을 양육하느라 그녀의 인생엔 그림이 들어올 자리가 없었다. 짧은 휴식 시간에 그림 대신 자수를 취미로 삼는 게 전부였다.

집안의 경제와 생활이 조금씩 안정되면서 메리와 그녀의 남편은 자기 소유의 농장을 갖게 됐다. 자식들이 성인이 되면서 그녀의 삶은 조금씩 여유로워졌다. 여생은 농촌에서 행복하게 지낼 줄 알았으나, 남편이 심장병으로 갑자기 세상을 떠나면서 그녀의 삶은 엉망이 됐다.

자식에게 농장을 넘기려던 계획에도 변수가 생겼다. 남편의 농장 운영 비법을 터득할 길이 없으니, 그녀는 다시 자식과 함께 농장을 관리해야 했다. 그런 와중에 딸이 폐결핵에 걸렸고, 메리는 농장을 떠나 딸을 돌봐야 했다.

집을 떠난 열두 살부터 메리는 60년이란 세월을 가정에 바쳐 왔다. 가끔 수를 놓았던 시간을 제외한 나머지는 그녀의 것이 아니었다. 노화로 인해 그녀는 류머티즘성 관절염을 앓게 됐다. 결국 유일한 취미였던 자수도 수놓을 수 없게 됐다.

그러다 우연히 다시 붓을 들 기회가 왔다. 스무 살 이전에 열렬히 사랑했던 그림을 그녀는 진지한 마음으로 대했다. 그때 메리는 일흔두 살이었지만 다시 붓을 들기로 결정했고, 그녀의 인생은 다시 시작됐다.

메리는 마음을 따라 기억 속의 농촌 생활을 그렸다. 한 장을 다 그리면 또 다른 한 장을 그렸다. 그렇게 매일 그림의 세계에 빠져 지냈다. 그녀는 많은 그림을 그렸지만 모두 취미로 그렸고 가끔 인테리어 소품으로 이웃집에 그림을 팔기도 했다.

일흔여덟 살이 되던 해에 메리의 작품은 주목받기 시작했다. 심지어 예술계에 거론되기까지 했다. 점점 많은 사람이 그녀의 그림에서 다른 예술가들에겐 없는 감동을 발견하기 시작했다. 그녀의 그림은 한 장에 3~5달러에 판매됐고, 나중엔 한 장에 8천 달러에서 많게는 1만 달러에 팔리기도 했다.

그녀가 여든 살이 되던 해엔 인생 첫 개인전을 열었다. 2006년에 한 예술품 경매장에서 메리의 유작은 120만 달러에 팔렸다.

대부분의 사람이 인생의 마지막 무렵이라고 생각하는 시기에, 메리는 30년의 세월 동안 1,500여 점의 작품을 그렸다. 그녀의 삶을 통해 알 수 있듯이 인생에 너무 늦은 시작이란 없다. 지금은 세상을 떠난 '안나 메리(Anna Mary Robertson Moses)' 혹은 '그랜마 모제스'라고 불리는 그녀가 자신의 삶으로 증명하고 있다.

좋은 학교, 좋은 회사가 미래를 보장해 주진 않는다

사회적 부담감 때문일까? 우리는 쉽게 말도 안 되는 생각에 빠진다. 좋은 학교를 나오지 못하면, 좋은 회사에 들어가지 못하면, 돈을 많이 벌지 못하면, 능력 있는 배우자를 만나지 못하면 인생의 만족이 줄어들 거라고 생각한다.

이런 것들은 대개 스무 살에서 마흔 살 사이에 판가름 난다. 때문에 사람들은 더더욱 스트레스를 받으며 살아가거나 일찌감치 노력하기를 포기하고 정진하기를 멈춘다. 그리고 평생 변하지 않을 그저 그런 자신을 받아들인다.

인생은 직선이 아니다. 당신이 과거에 어떤 선택을 했다고 해서 그에 맞게 미래가 결정되진 않는다. 더욱이 인생은 공식대로 흘러가지 않는다. 당신에게 오늘 어떤 일이 일어났든 그 결과는 하나가 아니다.

우리네 인생이 직선으로, 공식대로 흘러가지 않는 건, 인생은 우리가 희망을 잡아 삶을 멋지게 만들어 주길 바라기 때문이다.

아름다운 인생을 만들려면 전제 조건이 뒤따른다. 우선 변화에 대한 두려움을 극복해야 한다. 우리는 모두 변화를 두려워한다. 변화를 두려워하는 건 인간의 본능이다.

변화는 과거를 버려야 한다는 의미인데, 인간의 뇌는 본능적으로 변화란 행위를 배척한다. 당신이 변화하려고 시작하기 전에 당신의 머릿속은 이미 여러 가지 좋지 않은 상황들을 펼쳐 보이고 현실과 다른 일은 하지 못하게 막는다. 그리고 당신이 안일한 생활을 선택하게 끌어들인다.

안일함이 꼭 나쁜 것만은 아니다. 사실 안일한 삶은 정말 매력적이다. 인생을 걱정하지 않아도 되고, 돈을 걱정하지 않아도 되고, 미래를 걱정하지 않아도 된다. 하지만 너무 일찍 안일함을 선택하면 오히려 안일한 삶을 살 수 없다.

이 세상에 절대적인 안일함은 없다. 지금 안정적인 삶을 살 수 있는 건 예전에 죽을 만큼 노력했기 때문이다. 지금 계속 노력하지 않으면 미래는 어두워질 것이다.

현재를 유지하는 것도 노력이 필요하다. 안일한 미래를 추구하든, 지금의 삶을 유지하든 모두 노력해야 한다. 그렇다면 한 번쯤은 최선을 다해 노력하며 살아도 괜찮지 않을까?

학창 시절 버스를 기다렸던 경험을 얘기해 보겠다. 중학생 때

버스를 타고 통학하면서 깨달은 게 있다. 어떤 일에 많은 시간을 할애할수록 미련이 남는다는 것이다. 그때 나는 이 현상을 '버스 기다리기 이론'이라고 불렀다.

내가 다녔던 중학교는 시가지에 있어서 집에선 버스를 타고 가야 도착할 수 있었다. 하지만 우리 집 근처의 버스 정류장은 사람이 많지 않아 운행 횟수가 적었고, 30분 이상 기다리는 경우가 수두룩했다.

버스가 지금처럼 발달하지 않았을 때라 승객이 별로 없는 정류장의 시간표는 그야말로 참고용이었다. 한두 시간이 지나고 버스가 올 때도 있었다. 휴대 전화로 인터넷을 할 수 있던 시절이 아니었기에, 버스가 어디쯤 왔는지 확인하는 건 말도 안 됐다.

버스가 오지 않으면 초조해졌다. 나는 이러지도 저러지도 못했다. 버스를 기다리자니 올 때까지 마냥 기다릴 순 없는 노릇이었다. 그냥 가버리자니 버스를 기다리는 데 써 버렸던 시간이 아까웠다.

어른이 돼서야 나의 '버스 기다리기 이론'이 심리학에서 말하는 '매몰 비용'이란 걸 알았다. 매몰 비용은 그동안의 노력이 아까워 더 좋은 결정을 내리지 못하는 것이다.

지금의 생활이 견디기 힘들다며 삶을 원망하는 사람들의 얘기를 종종 듣곤 한다. 사람들은 지금 하는 일이 자신이 원하는 미래를 이뤄 줄 수 없다고 생각해 다른 일을 하고 싶어 한다.

그들은 변화를 원하고 돌파를 원하지만, 낮에 직장에서 스트레스를 받아도 퇴근하고 기분이 풀리면서 이 정도면 괜찮은 삶이라고 스스로를 다독인다. 변화를 원하면서 과거를 버리지 못하면, 계속 자신을 제자리에 묶어 놓을 수밖에 없다.

더 좋은 내가 되겠다고 미래의 나에게 약속하라

변화는 지금 가지고 있는 걸 모두 버리란 뜻이 아니다. 변화는 다른 방식으로 인생을 재조정할 수 있도록 돕는 기회다. 매일 같은 일을 반복하면 지금과 다른 미래를 맞이하기는 어렵다. 변화를 원한다면 평소와 다른 일을 시작해야 한다.

퇴근 후엔 시간을 내서 책을 읽고 운동을 하고 여러 방면의 지식을 습득하라. 조금씩 노력하다 보면 어느새 달라진 자신을 발견할 수 있을 거다. 이런 변화는 큰 결심을 필요로 하지 않는다.

자신에게 더 많은 기회를 선물해 줘라. 더 뛰어난 사람이 되기 위해 노력하고, 더욱 멋진 삶을 살기 위해 노력하라. 당신이 진심으로 삶을 대하면 자연스레 아름다운 추억이 쌓인다.

우리는 더 좋은 인생을 예약해 놓을 수 있다. 현재의 당신이 미래의 당신에게 현재의 결심을 보여 주면 된다. 미래의 당신에게 현재의 노력으로 언젠간 더 멋진 내가 되겠다고, 지금보다 더 좋은 인생을 살겠다고 약속하라.

편안함이란 굴레에서 빠져나와야 한다. 너무 오랫동안 그 안에 머물러 있지 마라. 그곳에서 빠져나오면 당신이 상상하지도 못한 세상을 보게 될 거다.

나이는 숙명이 아니라 숫자에 불과하다. 일흔두 살에 열정적으로 그림을 그려 미래의 자신에게 더 좋은 인생을 선물한 메리를 떠올리자. 인생에 너무 늦은 시작이란 존재하지 않는다.

—

'자율(自律)'이 당신을 괴롭게 만들고 당신의 자유를 속박한다고 생각된다면, 아마 당신이 인생을 너무 안일하게 본 탓일 겁니다.

안일함은 좋습니다.

하지만 나이 들어서 느끼면 더 좋을 겁니다.

현재의 당신은 인생의 도전을 받아들여 이를 악물고 얻은 노력에 대한 보상을 기대하며 뒤에 오는 성취감을 즐겨야 합니다.

너무 일찍 안일함을 찾지 마세요. 도전을 선택하세요.

당신은 분명히 도전 속에서 즐거움을 찾게 될 거고, 기분 좋게 내

앞으로
좋은 일만 있을 나에게

딛은 한 걸음 한 걸음의 도전을 완성해 나갈 겁니다.

그리고 마지막엔 '더 멋진 나'라는 무엇보다 큰 인생의 보상을 받

게 될 겁니다.

___ 2장
넘어지고 부딪힐 때 비로소 보이는 길

꿈이
있어야 한다는
깨달음

⋮

내가 관찰한 결과, 사람이 보통 꿈을 포기하는 시기는 스물두 살에서 서른다섯 살 사이다. 경제적 스트레스, 부모에게서 받는 스트레스, 현실에서 받는 스트레스, 결혼 스트레스, 직장 스트레스, 동창이 집을 살 때 받는 스트레스, 친구 사이를 비교하며 받는 스트레스까지….

예전에 나와 어울렸던 친구들이 하나둘 나보다 더 많은 돈을 번다거나 회사에서 높은 직위로 승진했다는 얘기를 들으면, 괜히 고개가 숙여지면서 아직도 꿈을 위해 죽어라 뛰는 내 발이 측은해 보인다. 상처도 많고 아픔도 많은, 셀 수 없이 많은 흉터를 가

앞으로
좋은 일만 있을 나에게

진 발이다. 결국 마음속에 남는 건 괴로움뿐이다.

"꿈을 좇는 게 틀린 걸까?"

많은 사람이 한 번쯤 스스로에게 이 질문을 던져 봤을 거다. 안타깝지만 틀렸다. 꿈을 밥벌이로 봤기 때문에 틀렸다.

나는 내 꿈의 직업을 이루기 전까지 아무에게도 말한 적 없는 비밀이 하나 있다. 사실 나는 엔지니어로 일하는 게 죽을 만큼 싫었다. 대학원에서 전자 공학과를 공부했고 이후 바로 상장된 전자 회사에 입사했지만, 나는 엔지니어 업무가 너무나도 싫었다.

내가 어떤 일을 싫어한다고 해서 그 일이 가치 없는 일이 되거나 내게 도움이 되지 않는 건 아니기 때문에, 그 일이 싫으면서도 그만두지 않고 일했다.

내가 싫어하는 일을 왜 계속 버티며 했는지 얘기하고 싶다. 직무가 별로여서 엔지니어란 직업을 싫어했던 건 아니다. 나는 일찍이 엔지니어의 업무가 나와 맞지 않다고 느꼈다.

엔지니어는 같은 일을 반복해서 처리해 내는 인내심이 필요하다. 또 업무나 일상 속에서 새로운 것을 접할 기회도 많지 않다. 이런 업무 환경에서 지내는 건 내겐 상당한 괴로움이었다. 하지만 이건 어디까지나 개인적인 얘기다.

내가 만난 수많은 엔지니어 동료와 친구는 말로 형용하기 어려울 정도로 업무에 열정이 넘쳤고, 아무리 많은 시간을 업무에 할애해도 일의 즐거움을 잃지 않았다. 또 문제를 해결하면 상이라도 받은 것처럼 기뻐했다. 월급을 더 주는 것도 아닌데 말이다.

맞다. 나로선 이해할 수 없는 바로 저 열정이 내 인생의 전환점이었다.

나는 엔지니어의 일은 싫어했지만 적당한 돈을 벌 수 있는 직업에 열정이 조금 남아 있었다. 내가 엔지니어로 계속 일했던 이유는 간단했다. 더 높은 연봉을 받기 위해서였다.

돈을 빨리 모으고 싶었고, 나와 내 꿈 사이의 거리를 좁히고 싶었다. 실제로 높은 연봉은 날 열심히 살게 만들었고, 동시에 내 꿈을 이룰 계획을 세울 수 있도록 도왔다.

꿈이 있어야 행복할 수 있다

나는 2009년에 직장 생활을 그만뒀다. 애초 계획은 2007년에 회사를 떠날 생각이었다. 그 생각은 어느 날 밤 회사 주차장에서 대성통곡한 사건에 의해 시작됐다.

당시 내가 맡은 업무는 연구 개발이었다. 나는 잘하고 싶었기에 실험실에서 콕 박혀 일하다가 밤 11시가 돼서야 집에 돌아가곤 했다. 그러던 어느 날 생산 라인의 우량률에 문제가 생겼다. 나는 다음 날 아침에 물건이 효율적으로 출하될 수 있도록 해야 했기 때문에, 자정이 넘는 시간까지 혼자서 문제를 해결해야 했다.

며칠 동안 계속 야근을 했다. 그때가 추운 겨울이라서 그랬을까? 문득 둘째 누나에게 전화를 걸어 하소연을 하고 싶어졌다. 통화 연결음이 몇 번 울리고 누나가 바로 전화를 받았다. 누나의 목소리를 듣자마자 나도 모르게 눈물이 쏟아졌다.

사실 누나와 제대로 얘기를 나눈 시간은 얼마 되지 않았다. 주로 스트레스를 너무 많이 받는다, 일에 흥미를 못 느끼겠다고 하소연했고, 내 울음소리와 심호흡이 이어지는 시간이 더 많았다. 누나는 아무 말 없이 나를 위로해 줬다. 나는 조금씩 평정을 되찾았다.

가끔 그럴 때가 있다. 마음에 짜증이 넘쳐 나는데 한바탕 울고 나면 저절로 풀려 버리는. 다음 날 아침, 업무 스트레스는 여전했지만 마음을 다잡을 수 있었다.

지금 이렇게 일하는 건 내가 원하는 미래를 위해 노력하는 것이고, 지금 느끼는 불편함은 꿈을 위해 감내하는 것이고, 불편함은 잠깐일 뿐이라고 생각했다. 내가 엔지니어의 일을 마냥 싫어하는 게 아니란 걸 알았다.

지금 하는 일의 숨은 목적이 무엇인지 스스로에게 말해 줄 수 있다면, 예전과는 또 다른 열정이 생긴다. 비록 그 일이 재밌진 않아도 목적이 분명하면 동기부여가 확실하다. 계획적으로 꿈에 가까워질 수 있다면 지금 살아가는 삶은 충분히 노력해 볼 만한 가치가 있다.

예를 들어보자. 영어를 배우려면 단어를 외워야 하고 문법을 공부해야 한다. 그 과정은 정말이지 따분 그 자체다. 하지만 영어 실력을 쌓으면 해외 소식을 접할 수 있고, 세상을 바라보는 시야를 넓힐 수 있고, 해외로 자유 여행을 떠나서도 여행지를 깊이 이해할 수 있다. 그렇게 생각하면 자연스레 영어 공부에 대한 열정이 생긴다.

때때로 우리는 현재의 삶을 미워하느라 앞으로 나아가는 원동력을 잃곤 한다. 하지만 우리가 원하는 삶을 살 수 있는 건 싫어하는 삶을 살아 봤기 때문이다.

이를 토대로 어떤 삶을 좋아하는지 알 수 있고, 어떤 일이 싫은지 말할 자격이 생긴다. 그때 비로소 진짜 원하는 삶을 선택할 수 있다.

시험을 보기 싫으면 최선을 다해 공부해라, 그래야 큰소리칠 명분이 생긴다. 지금 하는 일이 정말 하기 싫으면 최선을 다해 일을 끝마쳐라, 그래야 평생 싫어하는 일을 반복할 일이 생기지 않는다.

'노력보다 선택이 중요하다'라는 말이 있다. 하지만 노력이 없으면 선택의 여지가 없다. 적어도 열심히 노력해야 일을 계속할 것인지 아니면 어떤 일을 그만둘 것인지 선택할 수 있다.

미래의 자신도 부러워할 만한 현재를 살자. 자신과의 약속을 지킨다는 자세로 현재의 삶에 더 많은 열정을 쏟아붓고 꿈을 향해 나아가자. 살기 위해 꿈을 잃는 것보다 꿈을 위해 노력하는 게 낫다.

—

우리는 종종 눈앞의 어려움을 극복할 수 없는 것으로 여겨 각종 현실과 스트레스, 감정에 꽉 묶여 지냅니다.

그러나 이 모든 건 자신의 성장 가능성을 오랫동안 무시했기 때문에 발생하는 겁니다.

자신이 더 강해질수록 눈앞의 어려움과 문제는 작아진다는 사실을 잊은 겁니다.

모든 걸 쉽게 포기하지 마세요.

진짜 어려움은 환경에서 오는 게 아니라 마음에서 오는 겁니다.

당신을 옭아매고 있는 것들에서 빠져나올 때 가능성으로 가득 찬

자신을 만날 수 있을 겁니다.

기회를 찾는다면
지금 바로
시작하라

실패에 고통이 없다는 건 불가능한 일이다. 그렇게 말하는 건 아직 행동하지 않았기 때문이다. 행동하지 않았으니 실패의 고통을 맛보지 못하는 게 당연하다. 실패는 어떤 일의 결과로 과거형에 속한다. 하지만 실패는 과거에서 끝나지 않고 계속 부정적인 감정의 물결을 일으킨다. 어딘가에 부딪히면 하루가 지나야 온몸이 아프기 시작하는 것처럼 말이다.

실패 후에 발생하는 부정적인 감정은 평소엔 잘 보이지 않지만 한 번 나타나면 너무나도 쉽게 한 사람의 모든 것을 부정한다. 슬픔에 빠지고, 그동안의 노력을 의심하고, 다른 사람의 승리를 질투하고, 자신의 무능함을 탓한다. 이런 감정들은 옅은 안개처럼 처음엔 아주 느린 속도로 퍼져 큰 문제가 없을 것처럼 보여도, 갑자기 한 사람의 모든 것을 뒤집으며 주변을 부정적인 감정으로 에워싼다.

행동하지 않으면 실패도 없다. 실패하지 않으면 고통도 없다. 이게 바로 많은 사람이 행동하길 주저하는 이유다. 우리는 편안한 생활에 익숙하다. 그런 시공간에선 마음을 놓을 수 있을 것 같고, 변화를 추구하지 않아도 편안하게 살 수 있을 것 같은 기분이 들기 때문이다.

하지만 편안함 속에서 지내는 게 늘 당신을 편안하게 해 주는 건 아니다. 시간이 지날수록 아무것도 하지 않은 것에 대한 아쉬움을 느낄 것이다.

아직 일어나지 않았지만 일어날 가능성이 있는 실패를 떠올리면 보이지 않는 불안함이 엄습한다. 내면이 성장하려면 반드시 거쳐야 할 시련으로 현실을 돌파해야만 앞으로 나아갈 수 있는, 도망칠 곳이 없는 막다른 골목이다.

이 난관을 극복하면 보이지 않는 두려움과 이별할 수 있고, 두려움을 자기 발전의 기회로 바꿀 수 있다. 당신은 더 강해진 자신을 만나고, 더 아름다운 세상을 발견할 것이다.

불안과 잘 지낼 수 있어야 한다

사람은 불확실한 상황에 놓였을 때 불안함을 느낀다. 잘 모르는 일일수록 도망치는 걸 선택하고 아예 신경을 꺼 버린다. 당장은 마음의 평화를 되찾을 수 있지만 초조함이란 폭탄을 해결하지 않고 묻어 버린다면, 다시 카운트다운 버튼을 누르고 폭탄을 묻는 것과 같다. 결국 언젠간 다시 불안을 느낄 수밖에 없고, 걱정의 굴레에서 벗어날 수도 없다.

불확실한 감정을 없애고 싶다면 행동을 하는 게 도움이 된다. 사람은 불확실한 일을 너무 심각하게 생각하는 경향이 있다. 하지만 행동하면 자신의 뇌가 만들어 낸 드라마에 불과하다는 걸, 자신은 생각보다 나약한 사람이 아니란 걸 곧바로 깨닫게 된다.

불안을 쉽게 없애는 방법을 알려 줬다고 해서 내가 불안에 익숙하다고 생각하지 않았으면 좋겠다. 나는 아직도 불안이 찾아오면 마음의 평화를 찾을 시간이 필요하다. 단지 조금 유연하게 불안을 해결할 방법을 찾았을 뿐이다.

나는 불안할 땐 아직 일어나지 않았지만 걱정되는 일을 차분히 종이 위에 써 내려간다. 나를 불안하게 만드는 일을 떠올리려는 게 아니다. 자신을 침착하게 만드는 것이 마음의 평온을 찾는 첫걸음이다.

종이 위에 고민하는 일을 쓰고 여러 해결 방안도 같이 생각해 적는다. 얼마나 현실 가능성이 있는지는 나중에 생각하기로 하고 우선 그냥 생각나는 대로 쓴다. 그럼 어려움이 닥쳤을 때 해결 방안이 여러 가지니까 마음이 한결 가벼워지고, 어려운 문제도 두렵게 느껴지지 않는다.

내 경험이 말해 주듯이 걱정되는 일을 종이 위에 적는 것만으로도 불안을 덜 수 있다. 다행히 불안할 때의 걱정은 실제로 일어나지 않고 대부분 상상에 그치는 경우가 많다.

문제를 해결하려고 움직여도 초조함을 완전히 떨쳐 버릴 순 없다. 그래도 자신을 불안함 속에 너무 오래 내버려 두진 마라. 멈춰 버리면 문제는 영원히 사라지지 않을 거다.

자신을 너무 몰아붙여 난관을 헤쳐 나갈 필요는 없지만, 제자리에 너무 오래 머물러선 안 된다. 한곳에 너무 오래 머물면 기회를 놓칠 수 있다. 무언가를 시도하지 않으면 기회는 찾아오지 않는다. 당신이 도망치는 걸 선택하면 문제는 더 많은 문제를 낳을 거고, 해답을 찾는 걸 선택하면 더 많은 해결 방안이 나올 거다.

어떤 일의 어려움은 대부분 상상이 만들어 내는 경우가 많다. 사실 자신의 길을 방해하는 건 바로 나 자신이다. 잊지 마라. 과거의 당신도 여기저기 부딪히며 성장했다. 그때 노력했기에 어려움을 극복했던 거다. 현실이 우리가 원하는 일을 이루지 못하게 막는다고 해서 그 일을 포기할 필요는 없다.

우선 당신의 마음에 귀를 기울여 보자. 그 속에서 가치 있고 원하는 일을 찾아낸 다음, 앞으로 나아가기 위해 자신감에 불을 지펴라.

도전하기에 앞서 그 일을 정말 원했는지, 해낼 수 있는 일인지, 도전할 준비가 됐는지 자신에게 물어봐라. 당신을 불안하게 만든 일이 그리 어렵지 않은 일이란 사실을 금방 깨달을 거다. 자신감을 갖고 과감하게 시도해 보라. 자신을 되찾을 수 있는 가장 좋은 훈련이다.

—

인생에서 가장 큰 시련은 실패하는 일이 아니라 실패와 싸우는 일입니다.

인생에서 가장 긴 시간은 실패를 만났을 때가 아니라 고통을 헤쳐 나갈 때입니다.

자신을 조금 더 믿으세요.

당신의 마음을 시험하는 일들을 시도해 보세요.

생각보다 훨씬 간단한 일이란 걸 깨달을 겁니다.

2장
넘어지고 부딪힐 때 비로소 보이는 길

오래 사는 것보다
어떻게 사는지가
더 중요하다

인생은 단순히 살아가는 것뿐만 아니라 자신이 원하는 모습으로 살아가는 것에도 의미가 있다. 당신이 인생을 잘 살고 있는지 아닌지는 인생을 어떻게 살 계획인지에 달려 있다.

어느 날, 친구가 내게 "사람들은 왜 그렇게 피곤하게 살까? 안정된 직장에 들어가서 일하면 십 년, 이십 년 뒤에도 안정적일 거 아니야"라고 물었다.

나는 "맞아. 편안한 삶을 살 수 있는데 왜 그걸 버리고 더 어려운 일을 찾아 나설까?"라고 답하면서, 동시에 '세상에 안정된 직장과 안정된 삶이 과연 존재하기는 할까?'라고 생각했다.

하루하루 안정된 삶을 사는 것처럼 보이는 건, 과거의 노력이 현재의 수요를 충족시키는 데 그치지 않고, 이를 훨씬 넘어섰기 때문이다. 안정된 삶을 사는 것과 안정된 삶을 살 수 있는 능력을 갖추는 건 별개의 일이다. 많은 사람이 말하는 '안정된 삶'이란, 오랫동안 인생의 갈피를 잡지 못하고 헤맬 때 위안 삼을 수 있는 하나의 촛불에 지나지 않을지 모른다.

나는 학생 때 빨리 돈을 모으고 싶어서 음료수를 사는 횟수를 줄이겠다고 자신과 약속했다. 결과적으로 그 약속 때문에 나는 일 년 동안 몇천 위안(한화로 10~40만 원 정도)을 저축했다. 사회생활을 하는 직장인의 기준에서 큰돈은 아니지만, 학생은 몇천 위안으로 할 수 있는 일이 정말 많기에 꽤 큰돈이다.

나는 떨쳐 내기 어려운 음료의 유혹을 극복하는 데 성공했고, 덤으로 돈을 얻었다. 내 의지를 시험했던 날들을 통해 진심으로 바라면 원하는 걸 얻을 수 있다는 걸 깨달았다.

대개 사람들은 지금 가진 것보다 더 좋은 걸 원한다. 그때 우리는 자신에게 높은 기대치를 심어 주는 일을 해야 한다. 자신에 대한 기대치가 높아질수록 더 많이 노력하기 때문이다. 비록 예전보다 힘들지라도 더 멋진 삶을 살 수 있다.

인생에도 이정표가 필요하다

언제부터 시작했는지 기억나진 않지만, 나는 매년 12월 말에 한 해를 되돌아보며 정리하는 시간을 갖는다. 몇 년 동안 계속 한 해를 정리하다 보니, 일 년은 365일인데 열 가지도 안 되는 일들로 한 해가 정리되는 걸 발견했다. 그 일들이 있었던 날짜를 계산해 보니 채 며칠이 되지 않았다.

그럼 나머지 날은 모두 헛되게 보낸 걸까? 아니다. 나는 나머지 날엔 열심히 인생 계획을 세웠다. 그럼 끝마치지 못한 일들이 있는 건 아닐까? 그것도 아니다. 나는 내가 하고 싶었던 일을 대부분 이뤘다.

일 년 중 단 며칠만 가치 있는 것처럼 기록한 까닭은 그날이 유독 특별했기 때문이다. 그리고 일 년의 대부분을 차지하는 나머지 시간은 앞서 언급한 특별한 며칠을 준비한 시간이었다. 돌이켜 봤을 때 기억할 수 있는 날들은, 내가 특별한 행동을 했거나 특별한 경험을 한 시점이었다.

누군가는 이 시점을 이정표라고 부른다. 맞는 것 같기도 하다. 인생의 이정표가 없다면 내 인생은 무미건조했을 거고, 나아가야 할 방향을 찾지 못해 방황했을 거다.

당신은 나처럼 한 해를 돌이키며 정리하는 습관이 없을지도 모르니, 다음 질문에 대한 답을 생각해 보면 좋겠다.

'지난 십 년간 당신은 어느 곳을 여행했나?'
'가장 인상 깊었던 도시는 어디인가?'
'최근 삼 개월 동안 어떤 영화를 봤나?'
'그저께 점심으로 무엇을 먹었나?'

나는 종종 이 방법으로 사람들에게 자신을 시험해 보라고 한다. 대부분 어느 곳을 여행했는지는 쉽게 대답하지만, 최근 삼 개월에 봤던 영화는 금방 대답하지 못한다. 그저께 점심 메뉴에 대한 질문엔 컴퓨터가 다운되듯이 바로 멈춰 버린다.

변함없는 날들이 때때로 즐거움이 될 수 있다는 건 인정한다. 하지만 변함없는 삶은 그렇지 않다고 생각한다. 변함없는 삶은 두 가지로 구분된다. 첫째, 자신의 삶에 완전히 관여하지 않는 삶으로 시간과 함께 흘러가 버린다. 둘째, 노력하며 일부러 반복을 만드는 삶으로 자신이 원하는 방향으로 성장해 간다.

예를 들어 운동선수 같은 몸매를 원하는 사람과 땀 몇 방울만 흘리며 친구를 사귀려고 헬스장에 가는 사람이 있다. 두 사람은 운동하는 기준도, 평소에 먹는 음식도 완전히 다를 거다.

다른 예로 높고 큰 산의 산봉우리를 정복하는 사람과 집 근처의 등산로에서 산책하는 사람이 있다. 두 사람은 산에 오르기 위해 준비하는 운동과 장비가 완전히 다를 거다. 즉, 목표에 따라 자신에게 거는 기대치가 달라진다.

모두 더 좋은 자신으로 변하고 싶어 한다. 하지만 그 과정은 지독히 힘들다. 건강한 몸매를 가진 사람과 멋진 인생을 사는 사람이 적은 이유다. 건강한 몸매를 뽐낸 사진은 언제나 눈부시다. 하지만 겉모습만 보고 그들의 숨은 노력과 멈추지 않고 앞을 향해 달렸던 끈기를 부정해선 안 된다.

여행지는 카메라 렌즈를 통해 사진으로 저장할 수 있지만, 여행 도중의 즐거웠던 기억이나 맛있는 음식은 사진으로 남기지 않아도 오래 기억에 남는다.

여행을 다니면서 사진을 찍는 건 일종의 기념이다. 몇 년 후에 사진을 꺼내 보면서 그때를 추억하며 웃을 수 있다. 하지만 평소에 그때를 추억하고 여행이 헛되지 않았다고 느끼게 하는 건 여행지의 냄새, 충격적으로 아름다운 여행지의 풍경 또는 동행자와 함께한 분위기다. 여행을 가치 있게 만드는 건 카메라에 쌓인 사진이 아니라 마음에 쌓인 기억들이다.

여행지를 제대로 느껴 보지 않고 급하게 돌아보기만 한다면, 어디에 갔었는지 정도만 말할 수 있을 뿐 여행하며 느꼈던 감정을 추억할 순 없다.

인생도 여행과 같다. 제대로 살아야 헛되지 않게 보낼 수 있다. 나아가 진심으로 인생을 살아갈 때, 진심으로 인생을 경험할 때 인생은 더욱 의미 있어진다.

—

전진할 힘이 남아 있을 때 안락함을 깨고 나오세요.

호기심이 남아 있을 때 아직 느끼지 못한 세상을 느껴 보세요.

용기가 남아 있을 때 후회하지 않을 길을 찾아가세요.

꿈이 남아 있을 때 최선을 다해 아름다운 자신으로 살아 가세요.

왜 이렇게까지 해야 하나 생각하거나 주저하지 마세요.

인생의 길고 짧음은 당신이 얼마나 오래 사는지가 아니라 당신이

어떻게 사는지에 달려 있습니다.

젊게 살고 싶다면
나이 듦에 관해
생각하라

'용인자요(庸人自擾)'란 잘 지내다가 스스로 긁어 부스럼을 만든다는 뜻이다. 그러나 나는 잘 지내다가 골칫거리를 만드는 게 문제라고 생각하지 않는다. 오히려 생각한 후에 행동하지 않는 게 문제를 만든다고 생각한다.

나는 미리 자신의 미래에 대해 고민하는 게, 처음엔 골치가 아플지라도 나중에 내가 원하는 모습에 다가갈 기회를 만들어 준다고 믿는다.

학교에 다닐 때 나는 같은 반 친구들보다 나이가 어렸다. 심지어 나보다 나이가 많은 후배도 있었다. 하지만 사람들은 나를 나이에 비해 조숙한 학생으로 여겨졌다. 종종 나는 미래의 내 모습이 어떻게 변해 있을지 걱정했고, 지금 하는 노력이 부족한 건 아닌지 고민했다.

입사 후 직장에서 동료들은 이런 말로 나를 놀렸다.

"서른도 안 됐으면서 생각하는 건 완전 오십 대네."

애늙은이 같은 나의 성격은 인생을 잘 꾸려 나가는 데 있어 오히려 원동력이 됐다. 남들에겐 일어나지도 않은 일을 걱정하는 것처럼 보였겠지만, 나는 스스로에게 질문을 던지고 있었다.

"나중에 만족스러운 삶을 살려면 지금 무엇을 해야 할까?"

오늘을 사는 건 좋다. 과거는 이미 지나갔고 미래는 아직 오지 않았다. 현재와 관련 없는 일은 걱정하지 않아도 된다.

다만, 우리는 이따금 잘 지내다 한 번의 실수로 전원 버튼이 눌려 전원이 꺼진 것처럼 전진할 힘을 잃을 때가 있다. 힘이 빠지는 순간, 과거에 대한 불만과 미래에 대한 막막함이 들어선다. 이때도 '오늘을 살아야 한다'라는 말을 방패삼아 숨어 버리거나 문제를 회피해 버리면 인생의 시곗바늘은 전보다 더 빠르게 지나간다. 눈 깜짝할 사이에 삼사 년이 흘러가 버린다.

난관에 부딪혔다면, 발걸음을 늦추거나 잠시 쉬어 가기를 선택해도 괜찮다. 당신이 좋아하는 속도를 유지하되 앞으로 나아가면 된다. 난관에 부딪혔다고 모든 걸 제쳐 두고 돌진하면서 원치 않은 일을 스스로에게 강요하지 마라. 하지만 제자리에 멈춰 서 있으면 안 된다.

미래의 당신의 시선으로 현재의 당신을 바라보라. 나중에 후회하지 않으려면 연습이 필요하다. 성장은 여러 가지 방식으로 이뤄진다. 일이 일어나기 전에 무언가를 깨달을 때가 있고, 일이 끝나고 오랜 시간이 지난 후에야 자신에게 소중한 게 무엇인지 깨달을 때가 있다.

당장 답을 찾기 위해 급급해하지 않아도 된다. 다만, 만사에 '하늘이 무너져도 솟아날 구멍은 있다'라는 태도를 취하면 안 된다. 그런 태도는 원하는 미래와 멀어지게 하고, 지금의 자신을 잃게 할 수 있다.

현재의 당신은 미래를 확신하지 못하고 눈앞의 현실을 처리하느라 바쁠 것이다. 하지만 오 년 뒤, 십 년 뒤의 당신의 관점으로 현재를 돌아봐라. 미래의 당신은 현재의 당신에게 만족하는가? 소극적으로 반응하는 지금의 당신을 원망하진 않는가?

반응이 어떻든 과거의 자신이 흘러가는 물처럼 정처 없이 사는 것보단 노력해서 아름답고 멋진 인생을 향해 열심히 나아가길 바랄 것이다.

좋은 일이 있을 때까지 기다려야 한다

인생을 살다 보면 내가 노력한 만큼 보상을 받기까지 오랜 시간이 걸릴 때가 있다. 많은 시간을 들여 일의 결과를 기다려야 하고, 꿈을 위해 많은 돈을 저축하지만 다 모을 때까지 기다려야 한다. 승진을 기다려야 하고, 좋은 사람을 만날 수 있길 기다려야 하고, 성공의 기회가 찾아오길 기다려야 한다.

보상을 기다리는 동안 조금도 발전하지 못한 거 같거나 예상한 시간에 기대한 일이 일어나지 않으면 사람은 쉽게 괴로움을 느낀다. 하지만 명심하라. 아직 성과가 없을 뿐이지 지금의 노력이 아무 소용이 없는 게 아니란 걸.

인생을 잘 계획하더라도 계획을 받쳐 주는 좋은 길이 필요하다. 자신을 너무 몰아붙이다 보면 나아갈 길이 오히려 어려워질 수 있다. 하지만 나아갈 방향과 큰 원칙만 잘 유지하면 된다. 느리게 갈 수도 있고, 비스듬히 갈 수도 있고, 뒤로 물러나야 할 수도 있다.

목표의 방향과 자신의 한계를 확실히 정해 두면 모든 노력은 헛되지 않다. 비록 결과가 기대에 미치지 않고 목표를 향해 걷느라 시간이 많이 흘렀어도, 당신은 예전보다 더 멋진 사람으로 자신을 수용하고 이해하게 될 거다.

노력의 방향만 올바르면 나머지는 시간문제다. 하지만 시간을 통제할 수 있는 사람은 아무도 없다. 내가 유일하게 단언할 수 있는 건, 앞으로 나아가지 않으면 지금보다 더 좋은 결과는 없을 거란 거다.

인생은 그런 것 같다. 걱정하는 일이 지나고 나서야 심각한 일이 아니었음을 깨닫는다. 보잘것없다고 느꼈던 일들도 시간이 흐르면 좋은 추억이 된다. 그러니 지금 나아가는 길에 계속 의구심이 들어도 자신에게 실망하지 마라. 지금의 나를 잘 계획한다면 찾아올 모든 날이 최고의 가능성으로 가득 차 있을 거다.

나이 듦을 생각하는 건 나이 든 마음을 가지란 뜻이 아니다. 지금 노력할 기회를 잡고, 자신이 좋아할 만한 미래를 만들 능력을 쌓으란 뜻이다.

나아갈 인생의 방향과 앞으로 어떤 삶을 살고 싶은지를 잘 파악하기만 한다면, 지금 해야 할 일의 원동력을 찾을 수 있다. 삶에 더욱 최선을 다하게 되고, 도움이 되는 일을 적극적으로 찾아

나서게 된다. 호기심이 충만한 눈으로 미지의 세계를 바라보고, 어려운 일에 도전하고 싶은 마음도 샘솟을 것이다.

당신은 조금도 나이 들지 않았다.

당신은 이 세상 누구보다도 젊다.

—

모든 사람은 늙습니다. 하지만 그건 마음이 늙는 게 아닙니다. 젊었을 때 하고 싶은 일을 이룰 힘이 남아 있지 않다는 뜻입니다.

한 사람이 젊은지 아닌지는 그 사람의 나이를 보는 게 아닙니다. 세상을 향한 호기심이 얼마나 남아 있는지, 자신의 미래에 얼마나 많은 기대를 갖고 있는지를 보는 겁니다.

___ 2장
넘어지고 부딪힐 때 비로소 보이는 길

용기를 내야
시작되는
이야기

성장에 대하여

더 나은 내일을
나에게
선물해 주고 싶다

당신은 후회해 본 적이 있나? 사람이라면 누구나 후회해 본 경험이 있을 거라고 생각한다.

나는 오른쪽 눈에 문제가 생기고 서른 살에 인생의 트랙을 바꾸면서 한 가지를 깨달았다. 어떤 일을 후회하든 말든 상관없다. 중요한 건 후회한 뒤에 예전과 다른 행동을 취했는가의 여부다.

나는 회사를 그만둔 후에도 여러 직장인을 만났다. 몇몇은 인생을 다르게 살기 위해 노력했지만 몇몇은 매일 변함없는 삶을 살았다. 사실 그건 인생이 보내는 엄청난 경고다.

반복되는 삶을 사는 게 나쁘다는 건 아니다. 사람들은 대부분 인생을 무감각한 상태로 산다. 그중 몇몇은 진심으로 반복되는 삶이 주는 안정감을 즐긴다. 그들이 원하는 건 일을 하며 느끼는 성취감이 아니라 월급이 주는 안정감이다.

여기서 경계해야 할 건, 어떤 이들은 분명 반복되는 삶을 싫어하는데도 변화하려는 원동력이 부족해서 말로만 결심을 한다는 것이다.

사람이 가야 할 인생의 길은 비슷하다. 세상에 태어나자마자 걸음마를 시작하고, 혼자 일어서는 법을 배우느라 바쁘다. 초등학생이 되면 방과 후에 각종 학원을 다니며 배움의 길에 접어들고, 그러다 '중2병'에 걸린 질풍노도의 중학생이 된다.

중학생이 되면 학원에 들어가 열심히 고등학교 입학시험을 준비한다. 그렇게 삼 년이 지나면 간신히 대학교 문을 비집고 들어가는데, 학과는 인기 순으로 지원한다.

어렵게 대학을 졸업하면 남들과 다른 인생이 펼쳐질 거라 기대하지만 딱히 그렇지도 않다. 대학을 졸업하고 직장에 들어가면 매일 야근을 한다. 겉보기에 안정된 삶을 살다가 때가 되면 결혼을 하고 가정을 꾸려야겠다고 생각한다.

매일 아침마다 먹을거리를 들고 회사에 출근하고 밤이 되면 팀장이 퇴근하는 시간을 내 퇴근 시간이라고 생각하며 일한다. 월요병이 조금이나마 옅어지길 바라며 쉬는 날이 되면 일분일초를 쥐어짜서 열심히 놀고 열심히 쉰다.

그렇게 조금씩 삶은 변화를 잃어 간다. 매일, 매월, 매년 보내는 날들이 점점 비슷해지고, 어느새 오륙십 대의 문턱 가까이에 서 있는 자신을 발견하게 된다. 살아온 날들을 하나씩 세어 보면 많은 날이 지나온 듯하지만, 모두 하루로 묘사가 가능하다.

십 년 뒤에 나는 어떤 모습일까?

나는 늘 사람들에게 생각하라고 말한다.

"십 년 후, 당신의 인생은 지금과 얼마나 다를까요?"

사는 집, 타고 다니는 차를 말하는 것이 아니다. 얼마나 많은 돈을 모았는지를 물어보는 건 더더욱 아니다. 십 년 후엔 당신의 삶이 진정으로 자신이 원하는 모습인지를 물어보는 거다.

아마 너무 급작스러운 질문이라 질문을 받은 사람은 잠깐 꿀먹은 벙어리가 된 기분일 거다. 하지만 그 사람에게 시간을 더 줘도 대답하지 못하는 건 똑같다. 이 질문에 대해 생각해 본 사람이 많지 않기 때문이다. 대부분은 한 번도 생각해 본 적 없는 질문일지도 모른다.

　누구든 내 미래는 타인과 다르길 원하지만, 미래를 바꾸는 방법을 깊게 고민하는 사람은 드물다. 고생하는 게 두려워서, 어디서부터 시작해야 하는지 몰라서, 변화에 맞서는 게 두려워서 인생을 변화시키고 싶지 않을지도 모른다.

　사람들은 현실에 부딪히느라 중요한 하나의 사실을 간과한다. 남들과 다른 미래를 원한다면 어제와 다른 오늘이 필요하다는 걸 말이다. 미래를 어떻게 살아갈지에 대한 계획을 세워야 한다. 그래야 훗날 인생이 너무 짧았다고, 원하는 인생을 살지 못했다고 후회하지 않을 거다.

　앞으로 마주할 수많은 내일은 우리의 오늘이 된다. 더 멋진 오늘을 맞이하고 싶다면 미래를 계획하라. 우리의 내일은 더 멋진 오늘이 될 것이다.

　인생은 한 폭의 그림과 같다. 세상은 당신에게 물감을 던져 줄 뿐 인생을 어떤 색으로 칠할지는 당신이 결정해야 한다. 사람들은 당신이 어떻게 인생을 그려 나갈지, 어떤 색으로 인생을 칠할지 좌지우지하려 할 거다. 하지만 붓은 당신이 쥐고 있다. 당신의 인생을 어떤 색깔로 채워 나갈지는 당신에게 달려 있다.

　우리의 인생이 완벽할 필요가 없듯이 매일을 완벽하게 그리지 않아도 괜찮다. 매일 자신을 위해 더 노력하고, 매일 자신을 더 사랑하라. 과거형이 돼 버린 나쁜 일을 내려놓는 방법을 배워라.

오늘부터 내가 좋아하는, 살고 싶은 인생의 밑그림을 그려 보면 어떨까? 당신만 원한다면 내일은 새 출발을 향한 첫 번째 날이 될 것이다.

—

결과가 있어야만 가치 있는 일은 아닙니다.
자신이 원하는 길에서 노력한다면 그게 바로 성공입니다.

변화를 성공으로 이끄는 열쇠는 앞으로 가야 할 길의 거리가 아니라 첫걸음을 내디딜 수 있는 용기입니다.

포기하지
않는 한
희망은 있다

마찰력이 없는 세상에 살면 어떻게 될까? 차에 시동은 걸어도 커브를 돌 수 없고, 멈출 수도 없을 거다. 누군가와 부딪히면 수십 미터 뒤로 날아갈 테고, 휴대 전화를 잡으려고 손을 뻗어도 미끄러질 거다. 마찰이 일어나지 않으면 행동을 제어할 수 없기 때문이다. 마찰력이 없는 세상은 상상할 수 없다.

삶을 하나의 길로 본다면 길 위에서 부딪히는 어려움은 일종의 마찰력이라 볼 수 있다. 내 친구 샤오카이는 바로 이 인생의 마찰력을 이용해 자신의 삶에 힘을 불어넣었다.

전 세계 경제가 공황 상태에 빠졌던 그해, 샤오카이가 다니던 회사는 경제난을 버티지 못하고 폐업 위기에 놓였다. 난데없이 찾아온 실업에 그는 급히 이곳저곳에 이력서를 넣었지만 너나없이 인원을 축소하느라 바빴기에 사원을 뽑는 회사는 찾아보기 힘들었다.

샤오카이는 몇 개월 동안 실업자로 지냈다. 그는 내게 돈을 모아 두지 않았다면 떠돌이 생활을 했을 거라며 우스갯소리를 했지만, 나는 그의 농담을 듣고 웃을 수 없었다.

누군가가 깊은 절망에 빠졌을 때 그가 얼마나 힘든지에 관해 말할 권리는 당사자에게만 있고, 그가 얼마나 발버둥 쳤는지 아는 사람도 당사자밖에 없다. 실패를 딛고 일어나 그때의 실패가 얼마나 꼴사나웠는지 웃으며 말할 수 있는 사람은 당사자뿐이다.

새 직장을 찾지 못하고 모아 둔 돈이 바닥날 기미가 보이자, 샤오카이는 집에서 일감을 얻는 방법을 생각하기 시작했다. 다행히 그는 집에서도 할 수 있는 웹 디자인과 관련된 일을 해 왔었다. 그는 온라인 사이트를 구축해 주는 업무로 온라인 광고를 시작했다. 하지만 세상은 호락호락하지 않았다. 일주일 넘게 메일 한 통이 오지 않았다.

우리의 인생이 그렇다. 인생의 또 다른 꽃길을 보여 준다는 이유 하나만으로 사람을 벼랑 끝으로 밀어 버린다.

벼랑 끝에 선 샤오카이는 고객을 끌어들이는 다른 방법이 없는지 고민하다가 직장에서 배웠던 이론 하나가 번뜩 머릿속에 떠올랐다.

"당신이 어떤 서비스를 제공하는지 고객에게 알리려면, 우선 당신의 서비스가 얼마나 우수한지 보여 줘야 한다."

샤오카이는 자신의 홈페이지를 잠재 고객들에게 먼저 보여 줘야겠다고 생각했다. 문득 떠오른 생각이었지만 그는 바로 홈페이지를 만들어 냈다. 그는 홈페이지에 수많은 웹 디자인 경력과 사이트 구축 방법을 올렸고, 관련 솔루션을 숨김없이 공유했다.

문이 열리자 빛이 쏟아지기 시작했다. 홈페이지를 개설한 지 얼마 되지 않아 샤오카이는 첫 일감을 받았다.

샤오카이는 세상을 다 산 사람처럼 말했다.

"1천 위안(한화로 4만 원 정도)밖에 안 되는 작업이었고, 일주일 동안 매달려 완성했지만 일하면서 이렇게 큰 성취감을 느낀 건 태어나 처음이었어."

나는 그의 얘기에 빠져들었다.

그는 달마다 고정적으로 일거리를 받아 일했다. 가끔 기업으로

앞으로
좋은 일만 있을 나에게

초청을 받아 강연도 나갔고, 컨설팅 문의도 함께 받았다. 그는 회사에서 일할 때보다 업무 시간은 줄었고, 돈은 더 많이 벌게 됐다며 좋아했다.

인생의 마찰력을 이용해 앞으로 나아가자

일상에서 발생하는 마찰력은 당신을 괴로움에 신음하게 만든다. 동시에 당신이 원하는 길 위에 서 있는지 스스로 확인할 기회를 제공한다.

마찰력을 통해 삶을 제어할 힘을 얻을 수 있는데, 마찰력은 자신이 어떤 사람과 잘 맞는지 어떤 일과 잘 맞지 않는지 구분할 수 있도록 돕는다.

반대로 마찰력은 당신을 공격할 수도 있고, 당신이 앞으로 나아갈 힘을 줄어들게 만들어 원하는 곳까지 가지 못하게 방해할 수도 있다.

마찰력은 삼키면 마냥 기분이 좋아지는 초콜릿 같은 존재가 아니다. 인생에 마찰력이 일어날 때 나쁜 징조가 보이면, 잠시 멈춰 현재 자신이 처한 상황을 골똘히 생각해야 한다.

세상에 마찰력이 없으면 안 되는 것처럼, 우리의 인생에도 마찰력은 꼭 필요하다. 일상의 마찰력은 우리가 원하는 곳을 향해 나아갈 수 있도록 일을 멈추고, 방향을 바꾸고, 삶을 통제할 수 있도록 기회를 제공한다.

마찰력을 조력(助力)으로 바꿀 수도 있다. 당신만 원한다면 모든 마찰력은 새로운 원동력을 제공할 수 있고, 그 힘을 빌려 당신이 진짜로 원하는 길을 선택할 수 있도록 돕는다. 당신이 포기하지 않는다는 전제 하에 말이다.

지금은 막연할지 몰라도 나쁜 마찰력 또한 당신이 멈춰서 주변에 숨어 있는 새로운 기회를 찾길 간절히 바라고 있다. 이 역시 당신이 포기하지 않는다는 전제 하에 해당되는 얘기다.

인생엔 나쁜 마찰력이 가득하다. 특히 돈, 직업, 사업, 사랑과 관련된 일들은 언제나 문제가 있기 마련이다. 우리는 이때 체력과 정신을 집중해서 이 문제를 극복해 나가야 한다.

간혹 문제를 해결하다가 나쁜 마찰력 때문에 자신감을 잃을 수도 있다. 하지만 나쁜 마찰력은 잘 활용하면 당신의 자아를 재정비하고 삶을 통제하는 새로운 힘이 될 수 있다. 포기하지 않는 한 다음을 향해 내딛는 발걸음은 모두 새로운 시작이다.

어려움을 만나면 몸을 돌려 도망가지 마라. 당신이 만난 어려움은 이제 막 시작됐지만 시간이 흐르면 익숙해진다. 최선을 다해 어려움 속에 숨어 있는 전환점을 찾아라.

당신은 과거형이 된 불쾌한 것들이 사실 나쁜 마찰력이 아니라 멈추지 않고 전진하게 만드는 인생의 가장 큰 원동력이었다는 사실을 언젠간 꼭 깨닫게 될 거다.

—

지금 당신이 걱정하는 일은 며칠 뒤면 잊어버릴지도 모릅니다.

지금 손에 익지 않은 일은 몇 달 지나면 금세 익숙해질 겁니다.

지금 친해지기 어려운 사람은 조금 지나면 크게 신경 쓰이지 않을 겁니다.

앞서 말한 일들은 시간이 지나 당신이 괜찮아진 게 아니라 당신이 더 강한 사람이 됐기 때문에 괜찮게 느껴지는 겁니다.

우리의 인생은 어떻게 사는 건지조차 잊을 정도로 바쁘게 흘러가지만, 바쁜 삶은 당신을 아름다운 날들로 데려다 줍니다.

더 좋은 자신이 되기 위한 노력을 포기하지 않겠다고 미래의 당신과 약속하세요.

현실에
만족하는 것을
너무 좋아하지 마라

우선 두 사람의 얘기부터 시작해 보겠다.

먼저 팅전은 어려서부터 학업이 우수했다. 상이란 상은 모두 휩쓸었고, 여러 대회에서 상도 받았다. 성적은 늘 반에서 3등 안에 들었다. 대학은 예상대로 인기 있고 전망 있는 학과로 진학했으며, 사회에 나가서는 구직에 별다른 어려움 없이 너끈하게 안정적인 직장을 잡았다. 수입 역시 안정적이었기 때문에 은행 또한 그녀가 집을 구할 수 있도록 흔쾌히 대출을 승낙해 주었다.

팅전은 언제 결혼하고 언제 아이를 낳을지에 대해 아주 예전부터 계획해 뒀다. 그녀의 인생은 순조로워 보였다.

샤오유는 조금 다르다. 학교 수업을 딱히 멀리하진 않았지만 팅전만큼 자신이 원하는 것을 순조롭게 얻지는 못했다. 대학도 사람들이 이름만 들어도 "대박!"이라고 외칠 만큼 좋은 곳은 아니었다. 그녀는 아르바이트와 학업을 병행하며 큰 어려움 없이 졸업했고, 곧바로 유동성이 높은 서비스업에 뛰어들었다. 그 후로 종종 그녀의 소식을 들었지만, 그녀가 가진 미래에 관한 계획을 들은 바는 많지 않았다.

이쯤에서 당신이 샤오유의 인생보다 팅전의 인생이 좋아 보인다고 말해도, 난 전혀 놀랍지 않다. 뛰어난 학업 성과, 명문 대학교 졸업장, 안정적인 직장을 가졌는데 그것도 모자라 서른 살이 되기 전에 집도 사다니. 그녀의 미래는 누가 봐도 이보다 밝을 순 없을 것이다.

팅전의 앞날은 밝았다. 하지만 그녀의 미래가 더할 나위 없이 좋다고 해도, 그건 '좋은 미래'가 아니라 '안정적인 미래'일 뿐이었다. 샤오유의 인생은 다소 벅찬 듯 보여도 모자란 수준은 아니었다. 내가 여기서 하고 싶은 말은, 삶이 멈추기 전까진 인생이란 여정을 얕봐선 안 된다는 것이다.

인생은 언제나 예외로 가득하다. 샤오유는 이 '예외'를 통해 인생의 변화를 맞이했다. 그녀는 미국에서 디자인을 배우기로 했다. 주변 사람에게 그녀의 선택은 매우 뜻밖이었지만, 그녀 자신에게 이 도전은 오래전부터 계획된 것이었다. 그녀의 얘기를 듣고 친구들은 의아해하면서도 용기 있는 결정이라고 감탄해했다.

영어가 유창하지 않음에도 홀로 미국까지 가서 공부하기로 결심한 것 자체가 대단한 일이었다. 샤오유가 더 용감해 보였던 건, 그리 많은 돈을 가지고 떠난 게 아니었다는 거다. 그녀는 그동안 모은 대다수의 돈을 학비로 내고, 생활비는 아르바이트를 통해 벌 계획이었다.

일 년 뒤, 샤오유는 이런저런 생활과 학업으로 바쁜 나머지 골머리를 앓았지만, 해외에서의 생활을 매우 즐기고 있다는 소식이 들려왔다. 이듬해 광고 회사에서 인턴을 시작하게 됐고, 예술학부로 입학을 준비하고 있다는 소식이 들렸다.

시간이 지날수록 샤오유의 이런저런 소식은 점점 더 많이 들려왔다. 아르바이트에 관한 재미있는 일화, 새로 알게 된 외국 친구, 휴일에 차를 타고 다녀온 여행, 학교에서 생긴 다양한 에피소드 등 얘기가 넘쳐났다.

상대적으로 팅전의 일과 생활은 평온했지만, 그녀의 인생에 새로운 일들은 그다지 많지 않았다. 그녀는 이런 단조로운 삶은 자신이 생각했던 삶과 사뭇 다르다는 것을 인정하고 일을 그만두려 했지만, 막상 무엇을 해야 할지 몰라 했다. 게다가 그녀가 종사하는 업종은 저출산이란 사회적 타격을 받고 있어 스트레스는 날로 심해져 갔다.

팅전과 샤오유는 모두 일과 생활에 열심인 사람들이다. 하지만 인생은 열심히 사는 것만으론 부족할 때가 있다. 상황을 확실히 판단할 용기와 본격적으로 경쟁할 의지가 동시에 필요하다. 다른 사람들이 앞을 향해 나아갈 때 멈추는 걸 선택하는 사람들은 시대의 흐름에 추월당할 수밖에 없다.

준비돼 있어야 기회를 잡을 수 있다

인생의 기회는 예측할 수 없다. 한 가지 확실하게 말할 수 있는 건, 지금 당신은 더 나은 자신이 되기 위한 준비를 해야 한다는 사실이다. 지금 당신이 청년이든, 중년의 나이에 들어섰든 눈앞의 안정적인 일과 생활에 만족해선 안 된다.

나는 계속해서 글을 통해 온라인에서 많은 사람과 공감대를 형성하고자 한다. 사람들에게서 인생을 어떻게 살아야 할지, 결정을 어떻게 내려야 할지 가르쳐 달라는 편지를 받는다. 절반 이상이 안정적인 직장을 잃는 것에 대한 고민이다.

대개 안정적인 직장 하나만 믿고 출산 계획부터 주택 담보 대

149   ___ 3장
용기를 내야 시작되는 이야기

출, 명예퇴직까지 모두 큰 문제없이 해결 가능하다고 생각한다. 하지만 회사가 경제 사정 악화로 갑자기 인력을 감축할 수도 있고, 월급을 줄 수 없는 상황에 놓일 수도 있다. 회사 하나만 믿고 미래가 안정적일 거라고 섣불리 확신할 수 없는 이유다.

당신에게 부정적인 감정을 일으키려는 것이 아니다. 현재 안정적인 삶을 살고 있다는 당신의 믿음을 꺾으려는 것은 더더욱 아니다. 안정적인 환경을 갖는 건, 인간의 기본 욕구이고 추구할 가치가 높은 일이다.

하지만 내가 꼭 상기하고 싶은 말이 있다. '너무 쉽게 현재에 만족하지 말라'는 것이다. 이는 인생에서 일시 정지 버튼을 누르는 것과 같다. 더 이상의 성장을 거부하고, 긍정적인 변화를 기대하지 않고, 더 훌륭한 자신을 갈망하지 않는 것이다. 경쟁 사회는 당신이 걸음을 멈췄다고 해서 당신에게 친절을 베풀지 않는다.

평범한 건 나쁜 게 아니다. 다만, 어쩔 수 없는 환경과 한계 때문에 평범함을 선택했는데 이후로 더 이상 변화를 기대하지 않게 됐다면, 현재에 만족하는 태도를 특히 조심해야 할 필요가 있다.

변화는 쉬운 일이 아니다. 낯선 미래와 직면했을 때 익숙한 과거를 택하는 것은 뿌리치기 힘들 만큼 매력적이다. 그러나 당신이 지금 얻은 성취와 안정적인 생활은 모두 과거의 당신이 노력했기에 존재하는 결과물이다. 안정을 유지하고 싶다면, 반드시 꾸준히 앞으로 나아가야 한다.

너무 일찍 현실에 안주하지 마라. 지금의 삶에서 무엇이 달라질 수 있는지 살피고, 더 큰 도전을 향해 나아가고, 두려워하던 일들을 과감히 시도하라. 안전지대를 벗어나면 아주 많이 고생해야겠지만 훗날 더 많은 행복이 당신을 찾아올 거다. 당신이 이 사실을 믿을 수 있기를 바란다.

—

만약 당신이 매일 같은 일 때문에 괴롭다면, 그 일이 변하기만을 기다릴 게 아니라 자신에게 그 일을 내려놓을 힘이 생기길 바라야 합니다.
그 어떤 환경의 변화도 당신 자신의 변화를 넘어서지 못합니다.
환경이 좋게 변하려면 무수히 많은 변수가 필요하지만 당신이 좋게 변하기 위해서 필요한 건 당신의 결심뿐입니다.

현실이 당신에게 준 도전을 두려워하지 말고, 하루하루를 발전의 발판으로 삼으세요.
당신이 자신의 성장을 끊임없이 독려한다면 모든 일은 틀림없이 점점 더 좋아질 겁니다.

익숙함을 버리고
불편함을
선택하라

군대에 있을 때 나는 100여 명이 속한 부대를 관리했었다. 어떤 일을 하면 만족할 때까지 끝장을 보는 성격 때문에 내가 군대에서 받은 육체적, 정신적 스트레스는 사람들이 상상할 수 없을 정도였다. 잠자는 시간도 턱없이 모자랐다.

장점도 있었다. 그때 받았던 과도한 스트레스 덕분에 회사에서 해결할 수 없는 문제가 발생해도 생각만큼 스트레스를 심하게 받지 않는다.

죽을 만큼 고생한 적이 있다. 당직 사관으로 일했던 군 시절의 얘기다. 낮엔 중대의 모든 임무를 담당했고, 밤엔 부대 검측소 순

찰을 한 곳도 빼놓지 않고 돌았다. 내가 속했던 부대는 축구 경기장 세 개를 합쳐 둔 규모로, 한 번 순찰을 돌면 두 시간 정도가 소요됐다.

그땐 부득이하게 일손이 모자란 상황이었다. 특히 보초병이 임무를 잘 수행하는지 점검할 자격이 있는 사람이 부족했다. 보통 낮과 밤 업무를 모두 배정받는 일은 드물었지만, 나는 한 주 동안 어쩔 수 없이 낮엔 부대를 관리하고 밤엔 부대를 순찰해야 했다. 때문에 매일 한두 시간밖에 잘 수 없었다. 정말이지 정신력으로 버틴 한 주였다.

그때 가혹한 경험은 피가 되고 살이 됐다. 이후로 정신력이 필요하거나 단기간에 체력이 뒷받침돼야 하는 일이 맡겨져도 더는 걱정하지 않는다. 어떤 일이든 그때만큼 힘들진 않을 것 같기 때문이다. 내 생에 가장 괴로운 시절을 버텨 냈더니, 웬만한 고통은 달게 느껴졌다.

어려움을 느끼는 역치가 높아져야 한다

혹시 우리가 만나는 고통도 사실 정말 힘든 게 아니라 우리에게 고통을 견디는 힘이 부족하기 때문에 힘들다고 생각되는 건 아닐까?

시원한 방에서 살던 사람이, 갑자기 불덩이 같은 태양 아래에서 일한다면 그만큼 견디기 힘든 일도 없을 거다. 레스토랑의 화려한 음식에 익숙한 사람이, 갑자기 조촐한 반찬 몇 가지를 먹는다면 삶의 질이 떨어졌다고 느낄 거다. 편하게 자차를 몰고 다니던 사람이, 갑자기 오토바이를 타고 다녀야 한다면 그 또한 고통스러울 거다.

지금보다 어렸을 때 당신은 오토바이를 타며 이곳저곳을 돌아다녔고, 오토바이 한 대에 뿌듯해하지 않았는가.

젊은 시절의 고통은 일종의 훈장이며 가치 있는 선물이다. 당신이 앞당겨 고통을 감수하겠다는 도전을 받아들이면, 그 훈장은 영원히 당신의 몸에 새겨질 것이다.

사람이 한평생 겪는 시련의 총량은 정해져 있다고 한다. 결국 젊을 때 고생하거나 나이 들어 고생하거나 둘 중 하나다.

자신을 얕보지 마라. 너무 일찍 긴장이 풀리는 건 당신에게 절대로 좋은 일이 아니다. 능력과 정신력이 남아 있을 때 자신을 힘들게 하는 도전을 용감하게 받아들여라.

선택의 기로에 놓여 있는데 무엇을 선택해야 할지 몰라 고민하고 있다면, 당신을 힘들게 하는 쪽을 선택하라. 인간의 잠재력은 왕왕 괴로움 속에서 자라기 때문이다. 예전에 하지 못했던 많은 일은 모두 당신의 상상과 공포가 만들어 낸 결과다.

체육 대회를 예로 들어 보자. 체육 대회에서 '100미터에 10초'라는 문턱을 넘기란 굉장히 힘들다. 하지만 더 큰 규모의 대회에서 우승하고 싶다면 10초에 100미터를 뛰는 건 그다지 높은 목표가 아니다.

사실 1968년 전까지 과학계는 인간이 10초 안에 100미터를 뛸 수 없다며 10초를 인간의 한계점이라고 정의했고, 아무도 그 한계를 뛰어넘을 거라고 생각하지 못했다.

해내는 사람이 없다고 해서 불가능한 건 아니다. 이게 바로 인간의 잠재력이다. 앞서 그 일을 해낸 본보기가 있으면 그 뒤를 이어 성공 사례가 수도 없이 쏟아져 나온다. 실제로 단거리 달리기 명장인 짐 하인즈(Jim Hines)가 9초에 95~100미터를 완주한 뒤, 많은 선수가 100미터를 10초 안에 뛰기 시작했다. 이제는 10초 안에 100미터를 뛰는 선수가 일 년에 열 명 이상이 나와도 특별한 일이 아니다.

만약 당신이 어려운 도전에 부딪혔거나 원하는 걸 이루기 위해 당신의 삶을 희생하고 있다면, 반드시 믿음을 갖고 자신을 격려하라. 지금 당신은 이전보다 한 층 더 업그레이드된 사람으로 성장하기 위해 노력 중이다.

지금 겪는 고생 뒤엔 반드시 그에 대한 보상이 있다. 그러니 현재의 괴로움을 잘 버텨라. 고통을 수용하는 역치가 높아져 미래엔 당신이 힘들다고 느끼는 일이 점점 줄어들 거다.

—

현재를 위해 미래를 희생하지 마세요.

지금 누릴 수 있는 휴식을 희생할지라도 더욱 노력하며 삶이 조금씩 나아지는 걸 지켜보세요.

나를
즐겁게 하는 곳에
마음을 쏟아라

스포츠 세계는 냉정하다. 1등이 모든 것을 차지한다. 매우 정상적인 일이다. 1등이 누리는 영예는 나머지 등수와 비교가 불가하고, 우승의 기분은 1등이 아닌 사람은 맛볼 수조차 없다. 1등이 받는 포상과 사람들로부터 받는 존경의 눈빛은, 1등이 아닌 자들이 누리는 것과 차원이 다르다.

같은 이치로 당신이 세운 인생의 가장 중요한 목표를 달성하면, 그 목표가 가져다주는 성취감과 만족감은 두 번째, 세 번째, 심지어 열 번째 목표의 성취감과 만족감을 더한 것보다 훨씬 클 것이다.

물론 모든 사람이 한평생 한 가지 목표만 완성하진 않는다. 운동에 정통한 사람은 초등학교를 시작으로 대학교, 아마추어 경기, 프로 경기에서 우승할 기회가 생긴다. 중요한 건 기회가 찾아왔을 때 기회를 쟁취하기 위해 쏟은 당신의 노력이다.

우리는 끊임없이 새로운 목표나 이상을 세운다. 하지만 나이가 들면서 그중 일부 목표는 실현할 기회가 사라지기도 한다. 예컨대 신인상은 생에 딱 한 번만 주어지는 기회인데, 이를 위해 최선을 다하지 않으면 돌이킬 수 없는 후회만 남게 된다.

목표가 있어야 집중해서 살아갈 수 있다

1등 목표가 있는 사람은 삶에 집중해서 살길 바란다. 우리는 사람들로 빽빽한 시대를 살아가기 때문에, 주위엔 우리를 방해하는 잡음이 넘쳐난다. 따라서 업무적인 집중도 필요하지만, 감정적인 집중도 필요하다.

번잡한 업무를 수행할수록 옳은 일에 정신을 집중해야 한다. 감정적으로 불안할수록 행복한 일에 사고를 집중해야 한다.

삶이 우리에게 주는 시련은 우리를 더욱 괴롭게 만들 수도 있고, 즐겁게 만들 수도 있다. 자신을 즐겁게 할 수 있는 곳에 마음을 쏟아라. 다음 발걸음을 내디딜 수 있는 자신감이 생길 것이다.

소설가 파울로 코엘류(Paulo Coelho)는 "무언가를 간절히 원할 때 온 우주는 당신의 소망이 실현되도록 도와준다"라고 말했다. 젊은 시절의 나는 이 말을 들었을 때 궁금하기도 했고 의심스럽기도 했다. 정말로 세상이 내게 잘해 준다고? 온 세상과 주변 사람들이 내 꿈을 이룰 수 있도록 도와준다고?

다 커서 알았지만, 세상과 사람들이 내가 꿈을 이룰 수 있도록 도와주는 게 아니라 내가 꿈을 이루는 데 도움이 되는 것에 관심을 갖도록 만들어 주는 장치임을 깨달았다.

'세상'은 우리의 눈으로 바라보는 '시야', 즉 자신의 세계였다. 당신이 마음속으로 1등 목표를 세우면, 그 목표를 향한 갈망이 그 일을 완성할 수 있도록 당신을 이끈다. 그렇게 온 세상이 당신을 돕는다.

인생은 오직 한 번뿐인데 우리는 외부의 방해로 인생에 집중할 힘을 잃고, 소중한 시간을 가치 없는 곳에 낭비한다. 1등 목표를 설정하는 방법으로 자신을 일깨워 원하는 방향으로 나아갈 필요가 있다.

자, 이제 자신에게 물어보자. 지금 당신의 1등 목표는 무엇인가? 온 가족과 함께 해외여행 가기, 중요한 시험에서 좋은 성적 받기, 삼 개월 후 이상적인 몸매 만들기, 직접 만든 음식을 가족에게 맛보여 주기 등. 1등 목표는 당신이 앞으로 나아가는 원동력이 된다.

곰곰이 생각해 보자. 종이에 써 내려가는 것도 좋다. 그것이 삶의 무게 중심이 돼 당신이 온 마음을 다해 살아갈 수 있도록 밀어 줄 것이다.

원대한 목표만이 추구할 가치가 있다고 생각하지 마라. 행복하게 살아가는 건 사실 쉬운 일이 아니다.

인생은 선택의 연속이다. 선택의 결과가 모여 인생이 만들어진다. 삶엔 무한한 선택이 있으나 사용 가능한 인간의 체력은 정해져 있다. 우리는 지금 자신에게 가장 중요한 목표가 무엇인지 찾고, 주어진 힘을 끌어모아 목표를 실현하고, 자신을 무한한 가능성이 있는 미래로 이끄는 데 선택을 집중해야 한다.

—

나아가야 할 방향이 확실해지면, 원동력이 생깁니다.

당신의 노력은 조금씩 계속 쌓여 갈 것입니다.

꿈이 쌓이고 노력이 쌓이면, 인생의 길 위에서 어떤 일을 만나도 더는 두렵지 않을 겁니다.

온 세상이 힘을 합쳐 노력하는 당신을 도와줄 테니까요.

다른 사람을
부러워하지
않기로 했다

당신이 현재 속한 회사의 급여 제도가 좋지 않고 당신의 급여가 부당하다고 생각된다면, 그게 꼭 당신의 잘못은 아니다.

대학교에서 쓸모 있는 것을 배웠는지 인기 있는 학과의 학생이었는지를 떠나, 갓 사회에 첫발을 내디딘 사회 초년생 중에 대학에서 배운 지식이 써먹을 데가 많지 않다는 사실을 깨닫는 사람은 매우 적다.

당신이 급여에 만족하든 말든 꼭 묻고 싶은 말이 있다.

"당신의 실력은 당신이 바라는 연봉에 부합하는가?"

어느 날 직장 동료가 월급이 부족하다고 불만을 터뜨렸다. 그는 회사가 주는 월급이 힘든 업무에 비해 터무니없이 적다고 하소연했다. 또 물가는 높고, 구매욕을 일으키는 물건은 넘쳐나고, 각종 명세서는 매월 받는 급여를 한방에 쓸어 가 버린다고 푸념했다. 가정의 경제적 기둥이었던 그는 늘 자신의 무거운 책임감으로 인해 괴로워했다.

예전의 나였다면 그가 재무 관리에 탁월하지 못해 가혹한 현실에 더욱 괴로워한다고 생각했을 거다. 그와 가까운 관계가 아니었기에, 당신이 힘든 건 당신이 돈을 잘 관리하지 못하기 때문이라고 직언을 날릴 순 없었다.

누군가에게 조언하려면 그 사람과 나 사이에 존재하는 신뢰의 정도를 확인해야 한다. 상대방에게 잘못 조언하면 친하지도 않은데 잘난 척하며 가르치려 한다고 오해받을 수 있기 때문이다.

문득 그가 왜 회사의 급여와 자신의 노력이 부합하지 않는다고 생각하는지 궁금해졌다. 나는 그가 평소에 일하는 모습을 조용히 관찰하기 시작했다. 처음엔 그가 제대로 돈을 관리하는 방법을 모르거나 상사에게 인정받지 못한 게 불만족의 원인이라고 생각했는데, 둘 다 아니었다. 그는 더 높은 급여를 받기엔 업무 태도가 부족했다.

나는 회사에 다닐 때 좋은 업무 태도를 보이기 위해, 아침엔 가장 먼저 출근했고 밤엔 가장 마지막에 퇴근했다. 때문에 동료들이 언제 아침 식사를 들고 사무실에 들어오는지, 또 언제 사무실을 나서는지 자연히 알게 됐다.

월급이 부족하다고 불평하던 동료 역시 남들보다 일찍 출근하고 늦게 퇴근했다. 단순히 시간만 놓고 보면 그는 다수의 동료보다 업무에 더 많은 노력을 쏟아부었고, 어느 정도 책임감도 있었다. 여기서부터 여러분도 나와 같은 의문점이 생겼을 거다. 열심히 일하는데 정말 업무 태도에 문제가 있을까?

한동안 그를 관찰하다 보니 그의 문제가 눈에 보이기 시작했다. 그의 주된 업무는 많은 시간을 투자해 완성할 필요가 없는 일이었다. 그와 비슷한 직무를 수행하는 동료들은 대개 정시에 퇴근했고, 업무 효율도 그보다 훨씬 높았다.

다시 말해 그의 업무 능력은 그가 완성해야 할 업무의 요구를 뛰어넘지 못했다. 때문에 시간 관리와 업무 절차에서 문제가 생기면 더욱 긴 시간을 할애해 업무를 처리할 수밖에 없었다.

급여로 비유해 보면, 책임져야 할 업무는 월 3만 위안짜리(한화 약 120만 원) 직무인데 그 일을 하면서 낮은 급여를 받는 건 말도 안 된다고 끊임없이 불만을 터뜨린다면, 자신의 업무 실력을 과대평가하거나 다른 곳에 가서 더 높은 급여를 제시할 경쟁력이 없는 거라고 볼 수 있다.

계속해서 자신의 가치를 높여 가야 한다

자신의 가치는 자기 자신이 만드는 것이고, 급여는 회사가 주는 것이다. 당신의 업무적 가치가 시장 가격에 적합한지부터 생각해 봐야 한다.

회사가 당신의 가치를 알아보지 못했다면, 자신의 가치를 알아주는 회사를 아직 만나지 못한 것이니 다시 기회를 찾아봐야 한다. 시장을 통틀어 당신의 가치를 발견해 주는 사람이 없다면, 미안한 말이지만 당신의 경쟁력을 더욱 강화해야 한다는 신호다.

누군가는 "악덕 사장이 직원을 괴롭히는 게 문제 아닌가요? 월급은 쥐꼬리만큼 주면서 많은 급여를 필요로 하는 일을 시키다니, 정말 어이가 없네요"라고 반응할 수도 있겠다. 하지만 악덕 사장에게 가만히 앉아 착취만 당할 필요는 없다.

지금 하는 일과 급여가 불만족스럽다면, 당신이 해야 할 일은 탕비실에서 누군가를 욕하며 자기 존재를 증명하는 일이 아니다. 퇴근한 후에 휴대 전화로 게임을 하거나 인터넷 쇼핑을 하면서 스트레스를 푸는 게 아니다.

지금 당신이 해야 할 일은 그곳에서 탈출할 계획을 세우고 자신을 위해 더 높은 기준을 세우는 것이다.

더 높은 연봉을 받을 수 있는 실력을 키울 때까지 끊임없이 성장하고 경쟁력을 높여야 한다. 뛰어난 실력을 갖춰야 악덕 사장에게서 벗어날 수 있다. 업무 가치와 경쟁력을 높이면 분명히 당신의 가치를 발견해 주는 사람이 나타날 것이다.

앞서 보았듯이 높은 연봉을 받는 방법은 어렵지 않다. 하지만 안타깝게도 사람들은 바로 실행에 옮기지 않는다. 나도 무엇을 해야 하는지 뻔히 알면서도 나를 내버려 둔 적이 있다.

종종 인생에 흥미가 생기거나 어떤 얘기와 영화에 감명을 받으면, 그때의 타오르는 열정으로 당시의 상황을 돌파하려고 노력했다. 계획을 세우고, 해야 할 일을 고민하면서 앞으로 다가올 날들은 달라질 거라고 기대했지만 이어지는 삶엔 아무런 변화가 없었다. 행동으로 옮기는 실행력이 부족해 안전지대 밖으로 벗어나지 못한 탓이다.

열정과 함께 세웠던 인생 계획은 한편에 내버려 뒀고, 고민했던 미래는 여전히 미래로 남아 있다. 노력이 부족한 실행은 삶을 이전과 달라지게 하지 못하고, 그때그때 처한 상황에 맞춰 살아가게 할 뿐이다.

현재 상황이 불만족스럽다면 진지하게 자신에게 물어야 한다.

"지금 쏟아붓는 노력과 자신에게 만들어 놓은 기준은 당신이 원하는 미래와 업무 환경에 부합하는가? 지금 받는 급여가 부끄

럽진 않은가?"

"점점 현실에 무감각해지고 있지는 않은가? 불만족스러운 업무에 누구보다 쉽게 타협하진 않은가?"

지금 받는 급여가 정말 자신에게 미안할 정도로 부족하다면 망설일 필요 없다. 억울한 곳에서 속상해하지 말자. 착한 마음은 그럴 때 쓰는 게 아니다. 당신의 능력이 충분한데 불공평한 대우를 참고 있을 필요는 없다. 실력만 있다면 어느 곳이든 자신에게 넉넉한 환경을 제공해 줄 수 있다.

반면, 내게 부족한 부분이 많다는 걸 알고 있다면 지금 속한 곳을 벗어난다고 해도 더 좋은 결과를 얻긴 힘들다. 그러니 더 노력해서 자신에게 가치 있는 미래를 선물해 주자. 조금 더 어려운 일에 도전해 보자.

너무 빨리 나이든 사람처럼 굴지 말자. 우리는 생각하는 것보다 훨씬 젊다. 그러니까 너무 쉽게 멈추지 말자. 힘들면 숨을 고르고 쉬었다가 다시 걸어가라. 당신이 기대하는 자신은 쉽게 포기하는 나약한 모습이 아니다. 당신의 인생은 절대로 여기서 끝이 아니다.

다른 사람의 잘남을 부러워하지 말고, 먼저 내가 어떤 일을 해야 하는지 생각해 보자. 좋은 일이 미래에서 당신을 기다리고 있다. 당신만 원한다면 현재의 당신은 미래의 당신을 자랑스럽게 만들 수 있다.

—

당신은 절대적으로 훨씬 더 나은 삶을 살아갈 수 있습니다.

당신이 더 나은 삶을 쟁취하기 위해 얼마나 노력했느냐에 달려 있습니다.

완벽한 시작도,
완벽한 인생도
없다

⋮

첫걸음을 내딛는 건 너무나도 어려운 일이다. 때문에 자신의 꿈을 출발선에 묻어 버리는 사람이 많다.

시종일관 출발점에서 상황을 지켜보기만 하고 망설이는 데 지나치게 많은 시간을 써 버리는 사람들은, 대부분 아직 일어나지 않은 일 때문에 골머리를 앓는다. 자신의 계획이 완벽하지 않으면 어떡할지 걱정하고, 자신을 방해하는 것들을 상상하고, 자신이 가진 것들을 잃을까 봐 걱정한다. 이렇게 눈에 보이진 않지만 끊임없이 나타나는 부정적인 생각들은 겹겹이 쌓여 앞을 가로막는 벽이 된다.

이런 것들은 모두 상상이 만들어 낸 두려움으로, 뇌가 당신을 보호하려는 메커니즘이다. 뇌는 당신이 상처받는 걸 싫어해서 당신을 보호하려 한다. 하지만 보호받는다고 해서 당신에게 두려움을 극복할 능력이 없는 건 아니다.

수많은 성공의 결과는 끊임없는 시도 끝에 얻는 것으로, 한 번에 목표를 이루는 경우는 매우 적다. 당신이 두려움에 도전할 마음만 있다면 적합한 돌파구를 찾아낼 수 있다.

'두려움에 도전하기 위해 발을 내딛었는데 잘못된 방향이면 어떡하지?'

'실패한 후에야 나와 어울리지 않은 길이란 걸 알게 되면 어떡해야 할까.'

이러한 질문들은 수많은 사람의 공통된 속마음으로, 모두가 한번쯤 고민해 봐야 할 문제이긴 하다. 그렇지만 당신의 생각이 옳은지 그른지, 성공할지 실패할지는 행동해 봐야 알 수 있다.

방향을 설정하는 건 중요한 일이다. 하지만 자기 생각을 실행으로 옮기지 않고 계속 고민만 하면 어느 방향이 정확한 길인지 알 길이 없다.

태어나면서부터 문제 해결에 특출난 사람은 없다. 높은 자리에 쉽게 올라간 것처럼 보이는 사람들도 숱한 실수를 겪고 넘어지고 부딪히고 나서 자신이 걸어야 할 길을 분별하는 방법을 배웠고, 덜 상처받는 방법을 배웠고, 방해물을 피할 방법을 배웠다. 나아가 평범한 세상 속에서 변화를 위해 용기를 발휘하는 방법들을 터득했을 것이다.

한 걸음 내디뎌 무언가를 한다는 건, 아무것도 하지 않는 것보다 훨씬 훌륭하다. 우선 행동하고 나면 최종 결과가 어떠하든 더욱 많은 경험치를 얻을 수 있다. 발을 내디뎠지만, 아무것도 하지 않은 것처럼 아무 일이 일어나지 않았다고 해도, 일단 생각을 실행으로 옮겼다면 끊임없이 시도하고 목표를 조정해서 최종 목표를 향해 나아갈 기회가 생길 것이다.

가고자 하는 길을 확실히 정했다면 더는 망설이지 말자. 시작했다면 적어도 훗날 자신에게 미안하진 않을 것이다.

꿈이 있다는 건 멋진 일이다

우물쭈물하며 행동하지 못하는 사람들이 우려하는 건 다시는 처음으로 돌아가지 못할까 봐, 잃어버린 기존의 삶이 괜찮았던 게 아닐까 하는 미련 때문이다.

장담할 순 없지만, 인생은 작은 변화로 인해 통째로 바뀌거나 모든 걸 잃게 하진 않는다. 정말로 돌이킬 수 없을까 봐 두렵다면, 기한을 정해 몇 개월 혹은 일 년이란 시간 동안 그 일을 완성하기 위해 노력해 보자. 약속된 기한까지 해내지 못하더라도 당신에겐 새로 시작할 기회가 있다.

완벽을 추구하려는 생각을 버려라. 완벽을 추구하는 심리 상태에 빠졌다면, 서둘러 자신을 그곳에서 끌고 나오자. 완벽주의는 당신이 망설이며 전진하지 못하게 할 뿐만 아니라 점점 자신감을 잃게 만든다.

완벽주의는 겉으로 봤을 땐 꽤 긍정적이고 적극적인 심리 상태로 보이지만, 일에 쏟아부은 노력이 충분하지 않은 날엔 어떠한 성과도 누릴 수 없다는 걸 스스로에게 세뇌한다. 자신의 능력을 인정하는 힘을 잃는다면, 좋아하던 일은 싫증 나는 일로 변해 버리고 결국 일을 포기하고 말 것이다.

어떤 일을 완성하고 성취감을 얻었다고 해서, 그 일이 예상대로 순조롭게 진행됐다는 의미는 아니다. 노력을 통해 얻은 모든 수확은 매우 큰 성취다.

열심히 나아가다 보면 예전엔 몰랐던 새로운 것들을 배우게 된다. 이런 것들이 당신의 실력이 되고, 더 큰 도전을 마주하게 하고, 상상할 수조차 없는 문제들을 해결하게 한다.

___3장
용기를 내야 시작되는 이야기

삶 속의 많은 일이 이렇다. 당신이 고개를 파묻고 앞으로 내달리다 보면, 언젠간 극복할 수 없으리라 여겼던 어려움을 이미 손쉽게 뛰어넘었음을 깨닫게 될 것이다.

자신을 위한 꿈이 허황되다고 생각하는 사람들이 있다. 이런 사람들은 꿈을 포기하고 시작조차 하지 않는다.

꿈이 아름다운 건 사람들이 꿈을 생각할 때 얻는 힘이 있기 때문이다. 현실은 냉혹해서 꿈을 좇다 보면 예상과 다른 상황을 마주할 때가 있지만, 이상과 현실의 괴리를 극복할 의향만 있다면 그것들은 더 이상 방해물이 아니다. 이상과 현실의 격차는 용기 내어 선택하고 실행하면 충분히 극복할 수 있는 것이다.

마음속의 꿈을 실현할 만한 가치가 있다면 용기 내 첫발을 내디뎌라. 인내심을 갖고 계속 나아간다면 성공은 조금씩 더 가까워지고, 당신의 발걸음은 꿈을 좇아갈 것이다.

걸어온 길을 되돌아보다가 냉혹한 현실을 마주할지도 모르지만, 전보다 더 많은 아름다움을 찾아낼 것이라 믿는다. 인생의 아름다움은 분명 존재한다. 그러므로 냉혹한 현실을 견디면서 계속 앞을 향해 나아가자.

당신이 어떤 일을 해내고 싶은데 도무지 진전이 없다고 느껴진다면, 우선 자신이 완벽을 추구하고 있진 않은지, 더 많은 준비를 원하진 않았는지 살펴봐라. 그리고 꿈을 실현하는 데 방해가 된다고 생각되는 것들이 가짜 두려움인지, 실질적인 문제인지 자신에게 물어봐라.

완벽을 추구하며 시작하지 마라. 애초에 완벽한 시작은 존재하지 않는다. 당신이 해야 할 일은 용감하게 발걸음을 내딛는 것뿐이다.

—

인생엔 수많은 선택이 있습니다.

그리고 선택으로 무한한 가능성을 만들 수 있습니다.

하지만 시작하지 않는다면, 선택과 가능성은 인생에 나타나지 않을 겁니다.

미래에
좋은 일이
가득하려면

⋮

그때 내가 원하는 길을 선택하지 않았더라면 지금처럼 책을 내고 매일 책 속에 얼굴을 파묻고 글을 쓰는, 내가 좋아하는 삶을 살 기회가 없었을 것이다.

직장인의 삶을 그만두기 일 년 전인 2009년, 세계 금융 위기로 사람들은 대부분 자신의 직장을 소중히 여겼으나 나는 안정적인 밥그릇을 내던졌다. 넉넉한 월급과 남들이 원하는 경력을 모두 포기했다.

회사에서 보낸 시간은 약 삼 년 반이었다. 회사에 다니는 동안 나는 미친 듯이 일했다. 퇴근 시간이 지나도 사무실에 남아 가장

174

늦게까지 일하며 많은 업무 성과를 냈고, 팀에서 가장 먼저 출근하여 남들보다 일찍 업무 준비를 끝마쳤다. 게다가 회사 전체에서 가장 어린 나이에 강사가 되는 기회를 잡기도 했다.

업무에서 적극적인 태도를 보였기 때문일까 팀과 팀장은 나를 꽤 프로페셔널한 사람으로 생각했고, 동기 중에 가장 먼저 승진을 했다. 과장을 보태자면 그땐 정말이지 탄탄대로였다.

내가 열심히 일했던 건, 일상과 직장에서의 노력이 나를 더 좋은 방향으로 발전시켜 주길 바랐기 때문이다. 갓 입사했을 때 나는 관리자 직급까지 올라가겠다고 목표를 정했고 이를 이뤘다.

목표를 달성했으니 이직을 해야 했다. 내 계획을 듣고 팀장은 매우 놀랐고, 몇 가지 청사진을 내밀며 나를 만류했다. 아직 젊고 앞날도 창창하니 조금 더 고려해 보란 말을 덧붙였다. 하지만 나는 끝내 고집을 부리며 내가 원하는 길을 선택했다.

직장 생활을 끝내기로 마음을 굳혔던 건 내가 즐겁게 할 수 있는 일을 하고 싶었기 때문이다. 그때 받았던 연봉은 확실히 다른 회사보다 적진 않았지만, 눈에 이상이 생겼던 일을 겪고 나니 원하는 미래를 기다리기만 해서는 안 된다는 깨달음을 얻었다.

직장을 떠나는 선택이 더 나은 길인지는 확신할 수 없었다. 다만, 직장 밖으로 나가 내게 기회와 자신감을 주고 싶었다. 후회하지 않으려면 우선 회사를 떠나야 했다.

꾸준함을 끝까지 유지해 나간다는 것

하고 싶은 대로 하는 나의 성격은 직장 생활을 할 때 꽤나 도움이 됐다.

나는 선배들이 해결하지 못한 일은 끝까지 해결할 수 없다는 말을 믿지 않기로 다짐했다. 남이 결과를 내지 못했다고 해서 내가 시도해 볼 권리까지 포기할 필요는 없다고 생각했다. 나를 과대평가해서 그런 게 아니다. 그냥 내 성격 자체가 제멋대로인 구석이 있어서 그런 거다.

나는 내가 꾸준히 노력해서 더 높은 소양을 갖추길 바랐다. 한 가지 일을 책임지는 기준이 사람마다 다르니, 똑같은 일이라도 다른 사람 손에서 일을 개선할 기회가 발견될 수도 있는 노릇이었다.

꾸준함이 빛을 발한 경험이 있다. 기존 제품을 업그레이드하는 연구 개발 업무였는데, 내가 처음으로 주도하여 진행한 프로젝트이기도 했다.

그때 나는 입사한 지 고작 일 년밖에 안 됐지만, 적극적인 업무 태도로 팀을 빠르게 성장시킨 덕분에 프로젝트를 진행할 기회를 얻었다. 나는 프로젝트에서 기술 문서의 갱신을 책임졌다.

고객은 세부적인 부분을 엄격하게 신경 쓴다고 명성이 자자한 일본의 글로벌 공장이었다. 고객의 신뢰도를 높이기 위해 나는 문서를 작성할 때 모든 자료에 한 치의 오류가 없도록 했고, 문장 부호와 격식까지 자세히 비교 대조했다. 기술 문서는 전문 분야의 공식적인 문서이기에 논문을 준비하는 마음가짐으로 임해야 뛰어난 문서 품질이 나올 거라고 생각했다.

내 주된 업무는 연구 개발이었지만 나는 완전히 교정에 미친 사람이 됐다. 퇴근 시간에 한두 차례 확인한 것으로도 모자라 휴일에도 필사적으로 대조했다. 컴퓨터 모니터에 기존 문서와 현재 문서를 좌우로 띄워 놓고 서로 다른 점을 비교했다. 마지막엔 숫자 교정 외에도 수많은 단락과 글자 사이의 쓸데없는 빈칸까지 발견해 냈다.

누군가는 내가 꾸준한 게 아니라 지독하게 고집을 부린 거라고 말할지도 모르겠다. 하지만 내가 담당한 업무는 정확함이 요구되는 기술 문서였다. 고객은 내가 세밀하게 교정한 부분까지 알아채진 못할 수 있다. 하지만 결과물에 대한 만족도는 분명 높았을 것이다.

'꾸준함'이 한 가지 일을 성공적으로 완성해 낼 수 있는 결정적인 포인트란 말을 들어봤을 것이다. 사실 꾸준하게 한 가지 일을 하는 건 어렵지 않다. 그 꾸준함을 끝까지 유지해 나가는 것이 더 어렵다.

누군가 당신이 그들의 기대에 부합하길 바란다면, 그들이 주는 압박 때문에 자신을 찾는 여정을 멈추지 마라. 꿈을 이루기 위해 시간이 필요하다는 걸 깨달았다면, 다른 사람이 뭐라고 하든지 꿈을 위한 노력을 멈추지 마라. 처음으로 역경을 만났다면, 넘어졌다고 앞으로 나아가는 걸 멈추지 마라.

한 가지 일에 몰두하고 오랜 시간 그 일을 꾸준히 했음에도 결과가 예상과 다를 수 있다. 최선을 다했다면 결과가 좋지 않아도 노력한 만큼 성장했다는 걸 훗날 반드시 깨닫게 될 거다.

노력이 항상 최고의 결과를 가져오진 않지만 반드시 더 나은 결과를 가져다준다. 끊임없이 노력하면 언젠간 더 좋은 결과를 얻게 될 거고, 그 결과는 과거에 최고치로 얻었던 결과를 훨씬 뛰어넘을 거다.

꾸준히 노력하고, 끝까지 노력하라. 당신이 진심으로 원하는 일이라면 자신을 향한 비난이나 의심 때문에 더 멋진 가능성을 좇는 일을 멈춰선 안 된다.

낙담했다는 이유로 큰 원동력이 될 뻔한 기존의 원동력까지 잃어버리진 마라. 앞을 향해 나아갈 때 가장 안타까운 일은 열심히 노력한 자신을 부정하는 것이다.

기억하라. 승패는 당신이 어떤 일을 했고 어떤 것을 얻었는지에 의해 결정되는 게 아니라, 노력하는 과정에서 당신이 어떤 사람으로 변했는지에 의해 결정된다. 또 새롭게 변한 당신의 모습이 스스로 좋은지 아닌지도 중요한 요소다.

더 나은 내가 되기 위한 노력은 오직 나만 알 수 있는 고집이다. 결과가 어떻든 원하는 바를 이루기 위해 끝까지 노력해 본 경험은, 당신을 더 끈기 있는 사람으로 만들어 주고 당신을 더 멋진 인생으로 인도해 줄 거다.

—

성장이란 부딪힌 후에 얼마나 아픈지 깨닫고, 괴로워한 후에 무엇을 위해 전진하는지 깨닫는 것입니다.

지금 눈앞에 있는 길이 가장 좋은 길이 아닐 수도 있습니다.
하지만 마음을 다해 노력한다면, 분명 후회 없는 길이 될 겁니다.

행복은
저절로
완성되지 않는다

노력에 대하여

행운이
따라붙는
사람들의 특징

이 글을 쓰기 전까지 다른 사람에게 한 번도 말한 적이 없는 사실이 하나 있다. 사실 지난 일 년 동안 열심히 노력해서 준비하긴 했지만 나는 내가 대학원 시험에 합격한 걸 굉장히 행운이라고 생각한다는 것이다.

나는 전자 공학과로 이름을 날리는 대학교의 대학원에 입학 원서를 접수했다. 응시생들이 많았는데, 아마 다들 실력자들이었을 거다. 경쟁률이 치열했기 때문에 합격자 명단에 이름을 올리려면 노력은 기본이요, 어느 정도 운도 필요했다.

나의 행운은 시험을 치르기 하루 전날에 찾아왔다. 수많은 참

__ 4장
행복은 저절로 완성되지 않는다

고서의 문제지를 펼쳐 그간 공부한 것을 복습했고, 운이 좋게 그때 복습한 문제가 다음 날 시험에 나왔다. 고득점 문제여서 제대로 답하지 못했다면 시험에 낙방했을지도 모를 일이었다.

"완전 대박이었어!"

고사장을 빠져나온 후 나는 두 주먹을 꼭 쥐고 쾌재를 외쳤다. 가슴속에서 묵직한 흥분감이 퍼져 나갔다. 물론 기뻐하기 전에 내게 박수쳐 주는 것도 잊지 않았다. 어쨌든 전날 공부한 문제가 시험에 나오는 행운은 내 힘으로 모은 것이니 말이다.

시험 하루 전날 밤에 대해 얘기하고 싶다. 나는 고사장이 집에서 꽤 떨어진 곳에 위치해 있어서 시험 전날 밤 대학원 입시를 같이 준비하는 친구들과 학교 근처 모텔에 머물렀다. 다들 학생이라 경비를 아끼기 위해 두 사람씩 한 방을 썼다.

나와 같은 방을 쓰게 된 친구도 이번 시험을 열심히 준비한 응시생이었다. 그런데 새로운 곳에 와서 들뜬 걸까? 나의 룸메이트 친구는 침대에 누워서 텔레비전을 보기 시작했다.

"너 내일 시험 준비 안 해?"
"할 거야. 일단 좀 쉬고."

나는 고개를 끄덕이며 알겠다는 뜻을 내비치고, 곧바로 이어폰을 끼고 공부했지만, 내 마음도 침대에서 텔레비전을 보는 친구의 영향을 받아 둥둥 떠다녔다.

'그래도 일 년간의 노력을 후회로 만들 순 없어. 정신 차리자.'

나는 대학원 시험을 준비하기로 결심했을 때 나 자신에게 했던 약속을 떠올렸다. 합격자 명단에 어떤 결과가 나오든 전력을 다해 대학원 시험을 준비하고, 내게 후회할 핑계를 만들어 주지 말자고 나에게 약속했었다.

그때 갑자기 슈베르트의 〈숭어〉가 내 마음속에서 울리기 시작했다. 그때 내가 가장 좋아하는 곡이자 내게 마음의 평화를 가져다주는 클래식 곡이었다. 나는 재빨리 음악을 재생한 후, 노트로 시선을 옮겼다.

나는 〈숭어〉를 들으며 냉정을 되찾았다. 어쩌면 대학원 시험을 준비하던 꾸준함 덕분이었을지도 모른다. 나는 계획한 대로 계속 필기를 복습했다. 문제를 풀다 보니 마음이 안정됐고 문제 풀이에 더 집중할 수 있었다.

나는 내 행운이 될 문제 유형들을 복습해 나갔다. 반면, 나와 같은 방을 썼던 친구는 두 시간이 지나도록 침대 누워서 리모컨을 들고 텔레비전을 봤다.

약 한 달 후, 학교에서 합격자 명단을 공식 발표했다. 합격자 명단에 내 이름이 올라가 있었다. 반면 리모컨을 쥐고 있던 친구의 이름은 보이지 않았다.

당신의 노력은 당신을 대신해 행운을 모으는 중이다

행운에 관해 토론할 때 심리학자 리처드 와이즈먼(Richard Wiseman)의 실험이 언급되곤 한다. 그는 연구 대상자들에게 자신이 '행운아'인지 '불운아'인지 스스로 판단하게 했다. 그리고 그들의 대답으로 피실험자들을 행운 조와 불행 조로 나눴다.

이어 모든 피실험자에게 똑같은 신문지를 주면서 신문 속에 사진이 총 몇 장 있는지 세어 보라고 했다. 여기서 흥미로운 점은 행운 조의 구성원들이 사진의 개수를 정확하게 파악하는 평균 속도가 불행 조의 구성원들보다 눈에 띄게 빨랐다는 것이다. 심지어 몇몇 행운 조의 구성원은 5초도 안 돼서 신문 속 사진의 개수를 확인했다.

자신을 행운아라고 말한 사람들의 눈이 뛰어나게 발달한 게 아니었다. 와이즈먼은 신문에 '세지 마세요. 총 43장의 사진이 있습니다'라는 말을 숨겨 뒀다. 행운 조의 대다수 구성원들은 박사의 말을 발견했고, 불행 조의 구성원들은 대부분 이를 발견하지 못했다.

이 실험을 통해 와이즈먼은 행운은 운이 아니라 마음가짐과 관련이 있다고 분석했다. 자신이 불행하다고 생각하는 사람은 왕왕 심리적 영향을 받아, 어떠한 상황에 지나치게 묶여 버리고 한계를 정해 버린다.

자신을 행운아라고 생각하는 사람은 비교적 열린 마음으로 다양한 기회를 찾고, 다르게 선택하기를 주저하지 않고, 발전에 제한을 두지 않는다. 그들은 열린 사고방식 덕분에 세상 사람들이 말하는 '행운'을 더욱 자주 만나게 되는 것이었다.

누군가는 어느 정도 운을 가지고 태어났기에 아름다운 삶을 누리는 건지도 모른다. 하지만 보통 행운아들은 옳은 곳에 집중하고, 행동하고, 꾸준히 노력한다.

미래에 어떤 모습으로 변할지는 평소에 어떠한 노력을 했는지에 달려 있다.

우리의 하루하루가 쌓이는 것처럼 노력은 쌓이고 쌓여 당신이 더욱 많은 행운을 끌어모을 수 있도록 도와준다. 성공한 사람들 뒤엔 남들이 모르는 노력과 꾸준함이 있다는 걸 알아야 한다.

우리는 가끔 눈앞에 펼쳐진 길이 옳은 길인지 걱정하며 걸음을 멈추지만 현실에 파묻혀 버릴까 봐 두려워한다. 또 내 선택을 의심하지만 자신도 모르게 등 떠밀려 다시 앞으로 나아간다.

때론 어떤 일을 하는 게 사람들의 기대를 저버리는 건 아닌지 걱정한다. 그래서 내가 원하는 걸 포기한다. 그렇게 자신도 모르게 길을 헤매기 시작하고, 결국 인생의 대부분을 방황하는 데 사용해 버린다.

사실 확실한 탄탄대로는 인생에 잘 나타나지 않는다. 그래서 그 길을 걸어가 봐야 당신에게 어울리는 길인지 아닌지를 알 수 있다.

확신할 수 있는 건, 당신이 노력해서 한 걸음씩 내디딘다면 어떠한 길이든 헛되지 않을 것이고, 헛되이 쏟아부은 힘도 없을 것이다. 노력하지 않으면 자신이 무엇을 좋아하고 싫어하는지를 영원히 알 길이 없다.

쉽게 현재에 고개 숙이지 말고, 쉽게 미래를 포기하지도 마라. 당신은 타인에게 보여 주기 위해 노력하는 것이 아니다. 자신을 초월하고, 더 나은 미래를 예약하고, 또 당신만의 행복을 수집하면서 더 나은 자신과 만나기 위해 노력하는 것이다.

꾸준했기에 오늘이 있고, 노력했기에 지금 행운을 누릴 수 있다. 당신의 노력과 꾸준함은 당신을 대신해 행운을 모으고 있다.

의심하지 마라. 언젠간 행운을 쌓아 준 과거의 자신에게 고마워할 날이 반드시 찾아온다.

—

간혹 우리는 해야 할 일에 당혹스러움을 느끼고 많은 일이 반대 방향으로 나아가는 건 아닐까 의심합니다.

그러나 지금 하는 일을 꾸준히 잘해 나가면 언젠간 보상받는다고, 삶은 우리에게 끊임없이 말해 주고 있습니다.

비록 같은 영역이 아닐지라도 노력에 대한 보상은 당신이 고개를 돌리는 순간 다른 모양으로 당신을 응원하고 있을 겁니다.

지금 당신이 배우고, 보고, 느낀 것은 미래의 당신이 과거를 돌아볼 때 그 노력이 얼마나 가치 있었는지를 증명할 겁니다.

___ 4장
행복은 저절로 완성되지 않는다

성공한 사람에게서
배우는
삶의 태도

인터넷의 영향으로 우리는 시시각각 타인의 '성공' 소식을 접한다. 아무개가 잡지 표지를 장식하거나 어느 유명 인사의 사진이 브랜드 프로모션에 사용된다. 사진, 책, 화면에 등장하는 사람들은 항상 만족스럽고 행복해 보이며 그들의 삶은 언제나 반짝인다. 중요한 건, 그들은 돈까지 많아 보인다.

'나도 저렇게 좋은 팔자를 타고나면 얼마나 좋을까.'

아마 많은 사람이 이렇게 생각할 테고, 나도 예전엔 같은 생각이었다. 하지만 훗날 다른 분야에서 성취를 이룬 훌륭한 사람들을 접하면서 그들의 '진짜' 모습은 사람들이 생각하는 것과 다르다는 사실을 발견했다.

L을 알게 됐을 때, 그는 이미 성공한 상장 회사의 실무 책임자였다. 그에겐 세상 사람들이 정의한 성공이란 단어가 덕지덕지 붙어 있었다. 유명 브랜드의 차를 타고 다녔으며, 주택 구매 금융 자금도 몇 년 만에 모두 상환했으며, 장차 회사를 이끌어 갈 주요 인사였다. 거기에 그는 외모까지 출중했다. 마흔 살이란 나이가 믿기지 않을 정도로 젊어 보였다.

'인생의 승리자니까 누릴 수 있는 거겠지.'

분명히 많은 사람이 이렇게 생각할 것이다. 솔직히 말해서 처음엔 나도 이런 생각으로 자신을 위로했었다.

이틀간의 수업을 통해 L에 대한 편견이 사라졌다. 교수님은 학생들에게 첫날 배운 내용이나 그와 관련된 내용을 조금 더 심도 있게 연구해서 다음 날 발표하라고 했다.

학생들은 대부분 직장 생활을 경험해 본 적이 있어서 조금 심도 있는 내용을 발표하라고 해도 크게 놀라지 않았다. 새로운 연구를 할 수 있어 좋다며 흥분하는 사람도 있었다.

둘째 날 오후, 학생들은 자신의 연구를 발표했고 모두 훌륭했다. L의 발표는 특히 인상 깊었다. 그가 발표하려고 입을 열자마자 발표 내용이 뇌리에 콕콕 박혔다. 그가 첫마디를 내뱉었을 때 나는 속으로 백 점 만점을 외쳤다.

조용하지만 태풍처럼 무게 있는 내용부터 아나운서 같은 유려한 말솜씨까지 발표의 흐름도 확실했고, 간략함과 완전함이 완벽한 조화를 이룬 발표였다. 간결한 발표였지만 빠진 내용이 하나도 없었다. 중간중간 L이 던지는 농담마저도 너무 재밌었다.

L은 우레와 같은 박수갈채를 받고 강단에서 내려왔다. 몇몇 수강생은 수업이 끝나자마자 대놓고 그를 칭찬하기 시작했다.

대화를 나누다가 알게 된 사실이 하나 있다. L은 발표를 위해 첫날 수업이 끝나자마자 다음 날 새벽까지 발표를 준비했고, 발표 당일 아침 8시에 먼저 강의실에 도착해 동선까지 미리 확인했다고 한다. 우리는 그의 성공이 결코 우연이 아니란 사실을 깨달았다.

샤오루는 나와 친한 친구다. 삼십 대인 그녀는 몸매 관리에 열심이다. 동창들이 샤오루를 보고 "너 몸매 진짜 좋다"라고 칭찬의 말을 건넬 때 그녀는 진심으로 기뻐했다.

하지만 이어지는 "진짜 좋겠다. 아무리 먹어도 살이 찌지 않으니까"라는 칭찬의 말엔 마냥 기뻐하지 않았다. 그녀는 곧바로 "내가 스무 살 때 그 말을 들었으면 부정하진 않았을 거야. 그땐 정말 먹어도 살이 찌지 않았으니까"라고 답했다.

샤오루는 대학 시절엔 정말 아무거나 먹어도 상관이 없었을 정도로 살이 찌지 않았다고 내게 말했다. 온종일 치킨, 오향 냉채, 불고기를 뱃속에 때려 넣어도 체중은 언제나 비슷했고, 많이 쪄도 0.5킬로그램 전부였다고 했다.

하지만 동창회 때 만난 샤오루는 짜거나 단 음식은 일 년에 다섯 번도 먹지 않았고, 특히 저녁엔 기름지거나 튀긴 음식은 삼가했고, 먹기 전에 칼로리와 성분을 꼭 확인한 후 비교적 포만감이 높은 음식 위주로 먹는다고 했다.

이외에도 그녀는 매주 최소 3회, 50분 이상 등까지 땀으로 흠뻑 젖는 고난도 운동을 한다고 했다. 삼십 대가 되기 전엔 운동하는 습관도 없었고, 삼십 대가 된 지금도 여전히 운동하는 걸 싫어하는 그녀에게 그야말로 극한의 도전처럼 어려운 일이었다.

그녀는 마지막에 이렇게 말했다.

"이만큼 노력하고 고생해서 내가 원하는 체중과 몸매를 유지하는 거야."

편안해 보여도 누구보다 필사적으로 살아간다

성공한 사람들의 노력을 보고 싶다면 당신 주위에 있는 어떤 분야의 특출난 사람이나, 일상생활을 행복하게 즐기지만 동시에 비범한 성취를 이룬 사람을 관찰해 보는 것도 좋은 방법이다. 그들에겐 다른 사람에게선 쉽게 보기 힘든 빛나는 무언가가 있다.

겉으로 편안해 보인다고 해서 뒤에서 노력하지 않는 게 아니다. 사실 그들은 누구보다 노력하고, 누구보다 필사적으로 하루하루를 살아간다. 단지 남들에게 그 과정을 보여 주지 않고 결과만 보여 주는 것뿐이다.

내가 확실하게 기억하는 말이 하나 있다.

"성공한 사람도 불만은 있다. 단지 그들은 타인 앞에서 불평하지 않는 것뿐이다."

무한의 긍정과 낙관을 추구하란 게 아니다. 불평하다 보면 부정적인 에너지가 발생하는데, 이는 당신이 원하는 곳으로 당신을 데리고 가지 않음을 깨달으란 뜻이다.

현실을 마주하다 보면 만족스럽지 않은 부분이 있다. 또 우리의 삶에 불평불만이 없을 순 없다. 하지만 누군가를 만날 때마다 불만을 토로하고 자신의 노력을 알아주는 사람에게 자신의 힘듦을 하소연한다면, 가는 곳마다 매번 불평을 늘어놓는다면, 사람들은 당신을 좋은 성과를 거뒀으면서도 끝을 모르고 불평만 하는 사람으로 평가할 것이다.

한 사람의 성과는 사실 보이지 않는 노력이 축적돼 나타난 결과고, 성공한 사람의 반짝임은 노력이 발견돼 빛을 발하는 현상이다.

얼마 지나지 않아 나는 또 L을 만났고, 곧 해외로 파견된다는 소식을 들었다. 현재 몸담은 기업의 자회사에서 전반적인 사업 관리를 담당하고, 대표 이사가 될 가능성이 크다고 했다. 사실 젊은 나이에 그렇게 좋은 기회를 얻는다는 건 믿기 힘든 일이었다.

해외 파견은 L이 지원한 것으로, 이삼 년 전부터 진지하게 계획했던 일이라고 했다. 그의 업무 성과는 최고였지만, 그는 유학파 동료들과 경쟁해야 했기에 외국어 실력에서 뒤처지면 안 될 노릇이었다.

그는 매일 출근 전과 퇴근 후에 시간을 내서 영어를 공부했다. 그러다 고객과 회의를 할 기회가 생겼고 회의의 모든 과정을 영어로 진행했는데, 그때 고객이 그를 무한 신뢰하게 됐다. 아마 그때 주요 책임자로 임명해도 좋겠다는 신임을 얻은 것 같았다.

___4장
행복은 저절로 완성되지 않는다

누가 얼마나 성공했는지보다 얼마나 노력했는지를 배워라

성공으로 향하는 길을 자세히 헤아려 본다면 꽤 많은 길을 찾아낼 수 있을 거다. 그 길을 만드는 방법은 크게 다르지 않다. 조금씩 조금씩 노력을 쌓아 나가면 된다.

오늘 약간의 돈을 모으고 내일 또 약간의 돈을 모으다 보면, 언젠간 많은 돈을 모았다는 걸 깨닫게 될 거다. 오늘 몇 글자를 끄적이고 내일 몇 단락을 추가하다 보면, 어느새 책 한 권이 완성돼 있을 거다. 오늘 몇 개의 단어를 외우고 내일 몇 개의 문법을 공부하다 보면, 어느 날 외국어로 소통할 수준이 돼 있을 거다. 오늘 이 일을 완성하고 내일 또 다른 일을 완성해 나가다 보면, 그 누구도 대신할 수 없는 당신만의 전문 분야가 쌓여 갈 거다.

아무리 타고난 팔자가 좋아도 누구나 가기 힘든 길을 만난다. 반대로 타고난 팔자가 별로여도 자신만의 길을 걸어갈 수 있다. 모든 사람의 길은 저마다 힘들다. 차이가 있다면, 어떤 이는 걷다가 중간에 포기하지만 어떤 이는 계속 걷는다는 것이다.

타고난 실력이 존재할 수도 있지만, 성공한 사람이 모두 실력에 의지해 성공하는 건 아니니 그들 뒤에 있는 상상하기조차 힘든 노력을 간과하진 말자.

하늘 아래 늦은 노력이란 없다. 일단 시작하기만 하면 그다음에 찾아오는 삶은 기대를 저버리지 않을 것이다.

남들이 얼마나 성공했는지에 몰두하지 마라. 그 성공은 성공한 사람이 스스로 그러모은 것이다. 당신이 그 사람의 성공을 배운 다고 한들 당신도 그와 같이 성공할 수 있다는 보장도 없고, 설사 성공한다고 해도 진심으로 기쁘지 않을 수 있다.

하지만 그들의 성공에서 얼마나 노력했는진 반드시 배워야 한 다. 그래야 다른 사람은 영원히 가질 수 없는 당신만의 성공 스토 리를 만들어 나갈 기회를 찾을 수 있다.

—

오늘 당신을 유혹했던 일에 '필요 없어'라고 말해야, 내일 가치 있 는 무언가를 발견했을 때 '필요해'라고 말할 수 있습니다.

당신이 필요한 게 무엇인지 깊이 고민해 봐야, 기회가 왔을 때 마 음과 힘을 다해 잡을 수 있습니다.

평소에 목적을 이루기 위해 열과 성을 다해야, 결정적인 순간에 힘들지 않을 겁니다.

인생은 이런 방식으로 성장해 나갑니다.

당신은 곧 깨닫게 될 겁니다.

무언가를 희생했다고 느꼈지만 훗날 그것이 인생의 꿈을 이루기

위한 필수 과정이었다는 사실을 말입니다.

노력하지 않는 이에게 기적은 일어나지 않는다

어린 시절 나는 글쓰기에 영 소질이 없었다. 시험을 치르거나 작문 수업을 들을 때마다 내게 하루는 일 년 같았다. 원고지를 받으면 사다리 같은 녹색 칸을 바라보며 멍하니 시간만 흘려보냈다. 어떻게 저 사다리를 타고 움직이며 글을 써야 할지(타이완은 세로로 글을 써서 원고지를 사다리에 비유한다) 전혀 감이 오지 않았다. 펜을 손에 쥐고 있었지만, 마음속은 백지상태였다.

'쟤는 정말 대단해. 어떻게 저렇게 많이 쓸 수 있지?'

이 생각이 머릿속에 얼마나 많이 떠올랐는지 모른다. 작문 수업 시간이 오면 왕왕 이런 생각을 하면서 주위 친구들을 살펴보곤 했다.

글쓰기를 잘하는 친구들은 이미 원고지에 코를 박고 글을 써 내려가며 창작의 파도 위에 올라 거침없이 솜씨를 뽐냈다. 하지만 나처럼 괴로워하는 친구들도 많았다. 아마 다들 나처럼 어떻게 글을 쓰기 시작해야 할지 몰랐을 거다.

글을 쓰는 재능에 관해 얘기해 보겠다. 나는 어릴 때부터 글쓰기는 나와 전혀 관계없는 일이라고 생각했다. 어렸을 때뿐만 아니라, 사실 지금까지도 나는 내 글쓰기 실력이 부족하다고 확신한다. 지금 내게 펜과 원고지, 주제를 던져 준다면 아무것도 쓰지 못할 거다. 그런데 지금 당신은 내가 쓴 책을 읽고 있다.

나는 글을 '쓰는' 일엔 정말로 소질이 없다. 다만, 글을 짓는 게 타자기를 '치는' 일이라면 나는 '쓰는' 것과는 완전히 다른 세상에서 글을 창작할 수 있다. 키보드 치기는 나에게 글쓰기의 길을 열어 준 하나의 계기라고 할 수 있겠다.

재밌는 건, 나는 서른 살 전까지 내게 책을 낼 기회가 있을 거라고 생각해 본 적이 없다. 글쓰기 실력이 형편없으니 당연한 것 아닌가. 그런데 어떻게 책을 쓰게 됐을까?

2012년으로 기억한다. 나는 많은 시간을 들여 글을 쓰기 시작했다. 물론 그땐 책을 낼 생각이 없었고 개인적으로 느낀 것과 인생의 경험을 온라인에 개재하려는 생각이 전부였다.

재테크는 내 관심사 중에 하나였기에 주로 재테크에 관한 글을 올렸고, 일상생활 중에 감명을 받거나 깨달은 게 있으면 인생과 성장에 관한 글을 올렸다. 그러면서도 글쓰기에 대한 두려움 때문일까, 그 그늘을 벗어나지 못하고 글을 썼다가 괜히 체면만 구기는 건 아닐까 늘 걱정했다.

인터넷에 올리는 글은, 보는 사람이 없으면 퍼져나갈 일도 없을 터였다. 나는 그렇게 자신에게 용기를 북돋우며 계속해서 글을 써 내려갔다.

글쓰기에 대한 흥미가 생기기 시작한 건, 내 글을 주기적으로 읽기 시작한 사람이 생겼을 때부터였다. 구독자 수가 늘어나고, 누군가 내 글을 공유하고, 나아가 내가 쓴 글이 술술 읽히고 도움이 된다는 말을 듣게 되자 글쓰기에 점점 흥미가 붙었다.

솔직히 말하면, 독자들이 보내 왔던 메일을 읽을 때마다 자신감이 차올라 내 오랜 긍정문을 의문문으로 바꾸기도 했다.

"누가 내 글이 별로래?"

약 일 년 넘게 글쓰기 연습을 하면서, 내 작문 수업 성적이 나빴던 건, 실력이 모자라서가 아니라 손으로 쓰는 일에 소질이 없었을 뿐이란 걸 깨달았다. 어쩌면 인내심이 부족한 성향이라서 그랬을지도 모르겠다. 기억력이 좋지 않아서 그랬을 수도 있다.

매번 글을 쓸 때면 생각을 뇌에서 손으로 옮겨 가는 짧은 순간에 생각했던 걸 모조리 까먹어 버렸다. 그때마다 기억력에 좋다는 은행을 먹어야 하는 건 아닐까 심각하게 고민했었다.

독자에게 도움이 됐다는 걸 깨달은 후로, 나는 실낱같은 자신감을 꽉 쥐고 시간을 들여 주기적으로 글을 쓰기 시작했다.

예전엔 이 주일에 한 편의 글을 썼는데 나중엔 일주일에 두 편의 글을 쓰게 됐다. 이젠 매일 글을 쓰면서 내 호기심을 충족시키고 나 자신을 알아 가는 중이다.

글자는 여전히 낯선 존재다. 나는 지금도 글을 잘 쓸 수 있는 비법들을 찾아 공부하고, 유명한 작품들을 읽으며 표현 기법을 익히기 위해 노력한다.

매도 먼저 맞는 게 낫다

이제 말하기에 관해 얘기하겠다. 내겐 남들보다 일찍 강단에 올라 연설할 기회가 있었다. 강의를 듣고 내 언변을 칭찬하는 사람도 있었지만, 사실 나도 노력을 통해 얻어 낸 결과였다.

학교에서 친구들과 시답잖은 얘기를 하는 건 전혀 문제가 없었지만, 직장생활을 시작한 후로 사람들 앞에 나서거나 무언가를 얘기할 때마다 내가 전달하고 싶은 내용이 어딘가로 증발해 버리는 것 같았다.

보고서를 발표할 때 미리 준비한 내용임에도 불구하고 많은 사람 앞에서 제대로 내용을 전달할 수 없었다. 심지어 내 차례가 다가오면 심장이 미친 듯이 뛰었고, 손바닥은 땀으로 흥건해졌다.

말하는 것에 대한 공포감을 극복하기 위해 나는 스피치 학원을 등록했다. 수업 과정은 몇 개월간 진행됐다.

첫 수업은 그 자리에서 내용을 준비해 당일에 발표했고, 수업이 끝나면 다음 수업의 주제를 알려 주고 발표를 준비해 오는 형식의 학원이었다.

'매번 모든 수강생이 발표한다고? 돈은 돈대로 쓰고 헛수고만 하는 거 아니야?'

첫 번째 수업을 들은 후 나의 소감이었다. 하지만 이미 돈을 냈으니 수업을 날릴 순 없었다. 나는 아주 깜찍한 생각을 떠올렸다. 나는 수업마다 제일 먼저 손을 들고 발표하기로 마음먹었다.

___ 4장
행복은 저절로 완성되지 않는다

첫 발표 주자가 되겠다고 자발적으로 나서다니 과연 칭찬할 만한 용기가 아닌가. 학원 수업을 통해 내 용기를 성장시킬 생각은 없었다. 실제로 나는 용감한 사람도 아니었다.

그냥 처음에 발표하면 가벼운 마음으로 다른 사람의 얘기에 집중할 수 있을 거라고 생각했을 뿐이다. 나는 이런 내 깜찍한 방법에 '첫 번째 주자가 가져가는 상'이란 별명을 지어 줬다. 기회가 된다면 당신도 시도해 보길 바란다.

두 번째 수업부터 나는 발표 시간만 되면 가장 먼저 손을 드는 일에서 경쟁했고, 그걸 즐겼다. 나와 경쟁하려는 사람은 없었다. 첫 번째 주자로 상을 받는 일은 전혀 어렵지 않았다.

그날 수업도 어김없이 선생님은 발표할 사람이 있냐고 물어봤고, 나는 '또' 첫 번째 발표 주자가 되기 위해 손을 들었다. 나는 독심술을 할 줄 모르지만, 선생님의 표정에서 '또 너야?'라는 표정을 읽었다.

몇 년 후, 내가 강단에 올라 강의를 할 때 제일 먼저 손을 들고 질문을 던진 사람이 그렇게 고마울 수가 없었다. 나머지 사람들이 입을 뗄 수 있도록 용기를 주기 때문이다. 나는 되도록 첫 번째 질문에 용감하게 먼저 손을 들어 답하는 청중에게 늘 나름의 고마움을 표현했다.

어쩌면 과거 스피치 학원 선생님도 내가 손을 들면 '또' 가장 먼저 딱딱한 분위기를 깨 준 게 고마워 기쁨의 표정을 지은 게 아니었을까?

손을 들고 발표하는 연습을 통해 나는 강단에 오르거나 사람들 앞에서 얘기하는 게 점점 수월해지는 것을 느꼈다. 나아가 마음속 얘기나 예전에 겪었던 일상 속 크고 작은 경험들을 조금씩 사람들에게 나누기 시작했다.

노력이 없으면 타고난 재능도 무용하다

앞서 많은 걸 얘기했지만, 결국 내가 하고 싶은 말은 하나다. 세상엔 타고난 재능을 가진 사람도 많지만, 인생의 크고 작은 일에 가장 필요한 건 타고난 재능이 아니라 끝없는 노력이다. 노력이 없으면 재능도 무용할 뿐이다.

당신이 요리에 흥미가 있는데 채소를 다지고 재료를 배합하고 조미료를 뿌리는 기술을 익히는 걸 노력하지 않는다면, 훌륭한 요리사가 될 수 없다. 글쓰기에 흥미가 있는데 무언가를 읽는 것에 충실하지 않고 글쓰기를 연습하지 않는다면, 마음속 생각을 표현할 길이 없다. 좋은 목소리를 타고났으나 노래 부르는 기술을 익히지 않는다면, 기교가 있거나 감정선이 깊은 노래를 부를

___ 4장
행복은 저절로 완성되지 않는다

수 없다.

세상에 이유 없는 성공이란 없다. 천부적인 재능을 가진 것처럼 보이는 사람도 뒤에선 수없이 많은 연습을 되풀이하고 끝없이 노력한다.

당신도 원하는 분야의 일을 집중해서 연습하고, 좋아하는 일을 꾸준히 하고, 끊임없는 반복을 통해 계속 정진한다면 그 시간과 노력은 뛰어난 실력으로 변할 것이다.

그리고 깨달을 거다. 타고난 재능은 온갖 장애물이 앞을 가로막아도 포기하지 않고 나아가는 끈기, 꾸준함, 노력이 있어야 발휘될 수 있다는 것을 말이다. 이런 악착스러움이야말로 천부적인 재능이 아닐까 싶다.

—

어려운 일을 통해 노력하는 사람과 포기하는 사람을 구별할 수 있습니다. 성가신 일을 통해 나아가는 사람과 불평하는 사람을 구별할 수 있습니다.

일 년이란 시간을 통해 목표가 있는 사람과 없는 사람을 구별할 수 있습니다. 십 년이란 시간을 통해 꿈이 있는 사람과 없는 사람을 구별할 수 있습니다.

크고 작은 일, 일상과 직장을 막론하고 인생의 안전지대를 부수는 일은 전적으로 우리에게 달려 있습니다.

마음에서 들려오는 불편한 소리를 없애기 위해 노력할 건가요?

아니면 계속 안락하기만 한 삶을 추구할 건가요?

___ 4장
행복은 저절로 완성되지 않는다

체력도, 몸도
노력해서
가꿔야 한다

딱 반 년 동안 체중이 15킬로그램 증가했는데, 대부분 상체에 집
중됐다. 얼굴은 어렸을 때부터 동글동글했고, 밖에서 노는 걸 좋아
한 탓에 활동량이 많아 얼굴에 살이 찌는 경우는 드물었다.

체중이 10킬로그램 넘게 불자 얼굴이 눈에 띄기 시작했다. 전체
적으로 동그래지고, 배도 동그랗게 변했다. 나는 내 살찐 모습을
보고 사업가의 복스러운 풍채와 닮았다고 생각하며, 스스로를 위
로했다.

몸이 불기 시작한 것은 회사를 떠나고 일 년도 채 되지 않았을
때였다. 당시 사업을 준비하느라 바빴고, 매일 모든 신경과 시간

을 사업에 쏟아부었다. 가뜩이나 사회생활을 시작하면서 줄어들었던 운동 횟수는 아예 멈춰 버렸다.

반대로 맛있는 음식을 먹는 즐거움은 멈출 수 없었다. 사업을 하다 보니 스트레스가 많다는 이유로 나 자신에게 더 많은 것을 허용했다. 예전엔 가끔 먹는 것으로 스트레스를 해소했다면, 그 주기가 이틀 또는 사흘에 한 번으로 변했고, 하루에 한 번으로 짧아졌다. 급기야 나중엔 매 끼니마다 맛있는 걸 먹는 지경에 이르렀다.

인생의 많은 일이 이와 같다. 매일 조금씩 일어나는 변화는 알아보기 어렵다. 크게 바뀌었다는 것을 깨달았을 때는 이미 늦었다. 점점 사랑하지 않는 관계가 그렇고 무감각하게 보내는 날들이 그러하며 수직으로 상승하는 체중은 말할 것도 없다.

서른 살 이후부터 신진대사 속도도 점점 느려졌다. 덜 움직이고 더 먹으면서 신진대사까지 느려졌으니 반 년 동안 15킬로그램이 증가하는 일은 그야말로 식은 죽 먹기였다.

주변에 비슷한 나이대의 친구들을 보니까 나와 비슷한 과정을 겪으며 체중이 불어나는 것 같았다. 나와 친구들은 비슷한 시기에 유행처럼 모두 체중 증가를 경험했다.

늘어나는 체중을 딱히 신경 쓰지 않던 나를 진정으로 눈 뜨게 한 건, 바로 예전보다 쉽게 느껴지는 피곤함과 몇 발자국 안 가서

차오르는 숨이었다. 나는 체력 하락 때문에 더 이상 내 꿈을 좇지 못할까 봐 두려워지기 시작했다.

병이나 감기에 걸린 사람은 늘 혈기 왕성하던 때의 자신을 그리워한다. 또 당신이 신체의 통제권을 놓치는 순간에야 비로소 건강이 전부란 걸 알게 된다.

몸무게가 늘었던 그해 동안, 체력이 현저히 떨어진 것 외에도 피부 곳곳에 다양한 형태의 습진이 생겼다. '다양한 형태'라고 한 것은 절대 과장이 아니다. 피부과에서 처방해 준 약을 발라 어렵사리 가라앉히면 또 다른 습진이 다시 튀어나왔다.

당시는 여름이었기 때문에 외출할 일이 잦았고, 기온이 올라가면 이곳저곳 더 간지러워져 무척 괴로웠다. 여름에서 가을로 계절이 바뀌면 나아질 줄 알았는데 그렇지도 않았다. 몸에 또 다른 형태의 피부 염증이 나타났다.

감기에도 자주 걸렸다. 사람이 많은 곳에 다녀오면 며칠 뒤에 바로 감기가 걸렸다. 감기에 걸리면 밤잠을 설치거나 두통이 찾아와 괴로웠다. 나는 점점 더 외출을 삼가기 시작했다.

분명 내 면역력은 약해지고 있었다. 체력이 저하되면서 몸이 마음을 따라가지 못하게 됐고, 더 나은 미래를 좇을 원동력 또한 내 체력과 함께 약해졌다.

변화는 순간적으로 찾아오지 않는다

몇 번 더 아프고 나서야 나는 다시 움직여야겠다고 결심을 내렸다. 처음엔 집에서 팔 벌려 뛰기와 제자리 뛰기로 운동을 시작했다. 하루에 10분 정도의 시간을 들여 매일 땀 몇 방울만이라도 흘리기로 했다. 대신, 밥은 마음 편하게 먹기로 했다.

운동하는 습관을 들인 후엔 비교적 변화가 큰 운동 방법을 찾아다녔다. 당시 온라인엔 지방을 태울 수 있는 운동 영상이 많았다. 그중 몇 가지를 골라 운동을 시작했다. 운동을 하자마자 내 몸이 노인의 체력과 비슷한 수준으로 저하됐다는 사실을 바로 깨달을 수 있었다.

흔한 지방 연소 운동의 경우엔 초급, 중급, 고급으로 구분돼 서서히 운동량과 심박수를 늘려 갈 수 있었지만 당시에 나는 중급, 고급은 고사하고 초급 레벨조차 완수하기 어려웠다.

얼마 뛰지 않아 얼굴이 달아오르고 숨이 찼다. 몇 시간 운동한 사람처럼 보였다. 영상에서 간단한 동작이 나오는 것으로 보아 난 아직 10분도 움직이지 않은 상태였다. 살을 빼고자 하는 의지가 꽤 있던 편이라 눈 딱 감고 뛰려고 했는데, 나는 결국 조용히 영상 정지 버튼을 눌렀다.

몇 주 동안 운동한 다음 날엔 고통의 비명을 지르며 침대에서 일어났다. 손발, 어깨와 등이 아팠고 온몸이 근육통으로 욱신거렸다. 이부자리에서 욕실까지 가는 길이 아주 멀고도 길었다.

운동 후에 찾아오는 근육통의 고통만 생각하면 도무지 운동할 힘이 나지 않았다. 그렇지만 한 번, 또 한 번 버텨 나갔다.

나도 모르는 사이에 운동하는 시간이 점점 늘어났다. 매일 운동량이 증가함에 따라 몸무게가 줄어드는 속도도 빨라졌다. 나는 조금씩 젊음을 되찾아 갔다. 그 결과 초급, 중급, 고급 운동까지 모두 끝냈다.

인간은 과거를 좋아하는 동물이라 변화를 마주하면 앞으로 잘 나아가지 못한다. 새로운 것을 마주할 때 일단 속으로 싫다고 생각한다. 억지로 해야만 하는 상황을 제외하면 변화에 앞장서는 사람은 소수에 불과하다.

대부분 이와 같은 일을 경험해 보았을 거다. 지금은 한 시간도 안 걸리지만 불과 몇 년 전까지만 해도 온종일 붙들어야만 겨우 끝낼 수 있는 일이 있지 않은가? 결과물도 지금 같지 않았을 것이다. 못하는 것에서 할 수 있는 것으로, 좋은 것에서 더 나은 것으로 되기까지 누구나 오랜 시간이 걸린다.

매일 하는 운동이 습관화되자 내 체중은 일 년이 되지 않아 원래대로 돌아왔다. 몸매가 좋아지는 게 눈에 보이자, 지금보다 더 멋진 몸매가 되고 싶어졌다.

나는 스스로에게 다시 도전장을 내밀었다. 나는 아령 운동을 시작했고, 덕분에 마른 편에서 가늘고 탄탄한 체형으로 천천히 변해 갔다. 지금 내 몸은 인생 최고의 상태다. 젊을 때보다 체력도 훨씬 좋아졌다.

사람의 미래란 점토와 같아서 그 형태는 현재의 자신이 어떻게 만드느냐에 따라 그 모양이 달라진다고 생각한다. 최선을 다해 매일 단련하는 마음으로 더 나은 자신이 되기 위해 도전한다면, 미래는 반드시 좋은 쪽으로 변화될 것이다.

고통 없이 돌파할 수 있는 안전지대는 없다. 대가 없이 가질 수 있는 성장은 없다. 노력 없이 이룰 수 있는 꿈은 없다.

더 나은 자신이 되고 싶다면 반드시 과거의 자신에게 도전장을 내밀어야 한다. 더 나은 미래를 가지고 싶다면 매 순간의 현실을 제대로 잡아야 한다. 하고 싶지 않은 일부터 하기 힘든 일, 하기 싫은 일까지 해야 한다. 그런 후에야 새로운 세상을 만날 수 있다. 혼자만의 분투라도 상관없다.

더욱 뛰어난 자신으로 변화하기 위해 노력하라. 자신이 탈바꿈되는 과정을 바라보는 즐거움이 꽤나 쏠쏠하다. 오늘 움직이고 내일 계속하면 얼마나 많은 어려움을 지나왔는지 셀 필요조차 없을 것이다.

그러므로 바라는 삶의 형태를 향해 끊임없이 나아가라. 시간이
당신 앞에 그 삶을 가져다줄 것이다.

—

당신이 변화를 위해 처음 노력하기 시작할 때, 그것이 어떤 변화
를 불러일으킬 것인지 알지 못할 겁니다.

친구들도 당신의 변화를 알아채지 못하고 당신 혼자만 필사적이
겠죠.

그러다 당신은 점점 즐거움을 느낄 겁니다.

세상을 바라보는 마음과 생각이 긍정적으로 변하고, 말과 행동에
자신감이 붙을 것입니다.

그때 비로소 주위 사람들은 당신이 많이 변했다고 눈치채겠죠.

그러나 사실 당신의 변화는 아주 오랫동안 이어져 온 것입니다.

변화란 바로 이런 것입니다.

우선 가능한 한 몇 배의 노력을 투자해야 비로소 주변에서 당신
의 변화를 알아챕니다.

그러니 멈추지 마세요.

변화가 미미해 보여도 모두 긍정적인 신호입니다.

더 나아지기 위해 당신이 처음 먹었던 마음들을 포기하지 말고

나아가세요.

미래에 당신의 인생은 좋은 일들로 가득할 겁니다.

마음을 다하면
사소한 일도
큰일이 될 수 있다

우리는 종종 무언가를 갈망하지만, 현실을 생각하지 않고 무턱대고 목표만 높게 잡는다.

보통 스포트라이트는 큰일을 해낸 사람들에게 쏟아지지만, 그들이 처음부터 관심을 받은 건 아니다. 자신이 대단한 일을 해낼 거라고 예상하지 못한 사람들은 대개 눈앞의 사소한 일부터 열심히 한다. 사소한 일을 쌓아 나가지 않았다면 큰일은 이루어지지 않았을 것이다. 사소한 일을 잘 해낸다는 건, 중요한 일이 무엇인지 안다는 뜻이다.

우리 인생의 곳곳엔 사소한 일이 있다. 중요하지만 급하게 처리하지 않아도 되는 일이 있고, 중요하지 않지만 이유 없이 하고 싶어지는 일이 있다. 사람들은 대개 중요하지 않은 일을 선택하고, 중요한 일은 방치해 버린다.

목표가 너무 높으면, 이를 어떻게 실현해야 할지 몰라 막막해질 때가 있다. 심지어 마음속에 목표를 이루지 못할까 봐 공포감이 생겨 무의식적으로 노력하지 않으려고 한다. 사소한 일을 계속 해내야 하는 이유다.

큰일은 사소한 일로 잘게 쪼갤 수 있다. 사소한 일을 해내는 게 큰일을 해내는 것보다 훨씬 간단하고 쉽다. 또 사소한 일을 계속 해내다 보면, 목표에 대한 공포심을 극복하는 데 도움이 된다.

사소한 일을 계속 해내는 리듬 익히기

심리학자 앨버트 반두라(Albert Bandura)는 실험을 통해 뱀 공포증을 가진 사람들이 단시간 내에 공포심을 이겨 낼 수 있도록 도왔다. 점진적으로 내면의 공포심을 극복하면서 뱀과의 접촉 강도를 높여 가는 방식이었다.

반두라는 실험 대상자들이 유리 벽을 통해 방 안의 뱀을 관찰하게 했다. 그게 익숙해진 후엔 반쯤 문이 열린 방 밖에서 뱀을 관찰하게 했다. 마지막엔 보호 장비를 갖춘 상태에서 뱀과 접촉하게 했다. 그 결과 많은 실험 대상자가 뱀 공포증을 극복할 수 있었다.

반두라가 전하고자 하는 메시지는 간단했다.

"마음이 거부하는 것에 조금 더 가까이 다가가라."

해내야 할 목표를 위해 지금 당장 행동해야 한다는 걸 뻔히 알지만, 행동으로 옮기는 일이 힘들다고 느껴질 때가 많다. 그럴 땐 사소한 일부터 시작해 나가라. 그럼 조금씩 진도가 나갈 거다. 지금은 보잘것없어 보이는 그 일이 미래의 어느 순간에 당신을 돕는 힘이 될 거다.

자신이 발전할 수 있도록 앞을 향해 밀어내며 사소한 일을 해내는 리듬을 만들어야 한다. 그래야 마음속에 자리 잡은 안락함을 뚫고 성장할 수 있다.

딱 한 번만 앞으로 나아가라. 당신이 끝까지 걸어가길 바라는 사람은 없다. 사소한 일이라도 계속해 나가고 경험을 쌓으면 마지막엔 대단한 일이 된다.

공포심을 이겨 낸 것처럼 두려움의 대상을 마주하고 가까워지기 위해 노력하다 보면, 두려움은 방해물이 아니라 더 큰 힘을 주는 든든한 버팀목이 된다.

사소한 일을 계속 해내는 건 실로 대단한 일이다. 평소에 당신이 사소한 일을 잘해 낸다면 다른 일 역시 잘해 낼 거라고 믿어 의심치 않는다.

—

방향만 옳다면 언제 도착할지 걱정하지 않아도 됩니다.

정성을 다해 한 걸음씩 천천히 걸어가다 보면, 어느새 도착지에

다다라 있을 테니까요.

목표를 이룰 능력이 없다고 두려워하지 마세요.

사소한 일을 잘해 낸다면 다른 일도 잘해 낼 수 있습니다.

청춘을
낭비해도 될 만큼
인생은 길지 않다

⋮

M은 오래전 업무 차 알게 된 동료다. 오랜만에 그와 마주쳐 근황을 나누다가 요즘 뭐하고 지내는지 물었다.

"똑같죠. 아시잖아요, 일이야 늘 그대로인 거."

특별한 답을 기대한 건 아니지만 나는 이전과 달라진 그에게 호기심이 생겼다.

"이직은 어떻게 됐어요? 다른 일을 해 보고 싶어 했잖아요. 저

번에 통화할 때 스카우트 제의 들어왔다고 했던 것 같은데.”

“기억하시네요. 회사에 이직 얘기를 꺼내자마자 말리더라고요. 팀장이 월급을 올려 준다기에 생각해 보니, 일도 안정적이고 업무 환경이나 동료들도 익숙해져서 떠나기 아쉽더라고요. 그때나 지금이나 매일 쓸데없는 일을 해야 하는 건 똑같지만 그럭저럭 지낼 만해요. 계속 버티는 거죠.”

M의 말을 듣고 기뻤다. 월급이 올랐다니 과연 기뻐할 만한 일이 아닌가. 다만, 눈앞의 그는 내 기억과 어딘가 조금 달라 보였다. 그는 더 진중해졌으나, 조금 덜 반짝이는 것 같았다.

내가 알던 M은 다른 사람과 달랐다. 그는 회사에서 보기 드물게 활력을 가진 사람이었다. 그는 처음 만난 사람과도 금세 친하게 어울릴 줄 알았고, 업무 피드백도 빨랐고, 충분히 적극적이면서 전문성 있는 표현으로 신뢰를 줘 상사와 고객 모두 그를 좋아했다.

예전에 사석에서 얘기를 나눌 때 M은 기회가 된다면 바깥세상으로 나가 부딪쳐 보고 싶다고 했다. 혹은 서른이 되기 전에 회사에서 임원이 되고 싶다고 했다. 그의 계획을 구체적으로 들은 것은 아니지만 미래에 관해 얘기할 때 그의 눈빛은 기대로 가득 차올랐고 온몸에서 열정이 뿜어져 나왔다.

열정이 있는 것은 좋은 일이지만 불을 붙이지 않으면 열정은 시간을 통과하지 못하고 사라져 버린다. 물을 주지 않은 화분처럼 눈치채지 못하는 사이에 시들어 버린다.

지난번에 마주쳤을 때 M은 전과 같지 않았다. 더 이상 미래를 주제로 얘기하는 데 열중하지 않았고, 하고 싶은 일에 관해서도 거의 말하지 않았다. 대신 직장에 대한 불만, 주변 환경에 대한 원망, 현실에 대한 무력감이 그 자리를 채웠다. 최근에 다시 만났을 때 그는 미래를 얘기할 원동력조차 모두 잃은 상태였다.

'대체 무슨 일일까? 그 열정들은 다 어디로 가고?'

이런 의문이 끊임없이 내 마음을 울렸다.

후회하지 않기 위해서라도 지금 잘 살아야 한다

미국 뉴욕의 한 거리에 칠판이 나타났다. 칠판의 상단엔 커다란 제목이 달려 있었는데, 이런 질문이 쓰여 있었다.

"당신이 살면서 가장 후회되는 일은 무엇인가요?"

칠판의 아래쪽은 사람들이 답을 적을 수 있도록 비어 있었다. 속마음을 공개된 곳에 적는 일은 아주 큰 용기가 필요하다. 호기심이 생긴 몇몇 사람은 칠판으로 다가와 분필을 들고 생각에 잠겼다. 그리고 후회의 순간을 기록해 나갔다.

'인생에서 너무 많은 시간을 허비한 걸 후회해요. 너무 많은 기회를 날려 버렸어요.'
'하고 싶은 일을 끝내지 않았던 게 가장 후회돼요.'
'사랑한다고 말하지 않은 것.'
'원하던 학교에 지원하지 않은 거요.'
'꿈을 좇지 않은 것.'
'하고 싶은 일이 많았는데 시간이 없다고 여겼던 거요.'
'계획한 일을 실천하지 못한 게 후회되네요.'
'안전한 곳에만 머무른 걸 후회해요.'
'세월이 그냥 이렇게 지나간 거. 그게 제일 최악이에요.'

이벤트를 기획한 팀은 사람들이 후회할 때 세 가지 요소와 관련이 있다는 사실을 발견했다. 기회를 잡지 못한 것, 용기 내어 진심을 꺼내지 못한 것, 꿈을 좇지 않은 것.

"잘못한 것에 대한 후회와 비교했을 때, 많은 사람이 하고 싶었으나 하지 않은 것에 대해 더 후회한다."

심리학자 루이스 터먼(Lewis Terman)이 진행한 인터뷰 실험에 근거하여 도출한 결론인데, 사람은 진정으로 자신이 어떤 일을 하지 않았던 것에 대해 후회한다고 한다. 다른 사람의 뜻대로가 아니라 내 뜻대로 말이다.

나에게 시간이 많이 남았을 거란 착각

평소 나는 사람들을 만나 수다를 떨며 일과 생활에 대해 깊은 얘기를 나눌 기회가 많다. 대화를 나누다 보면 사람들에게서 현실에 대한 무지, 일에 대한 무력감, 어느 날 갑자기 현재를 돌파할 기회가 올 거란 막연한 기대가 느껴졌다. 그러면서도 그들은 스스로가 직접 만든 사고 회로의 함정에서 빠져나오기를 거부했다.

그중 가장 큰 함정은 자신에게 남은 시간이 아주 많다는 생각이었다. 인생은 칠십부터 시작이란 말이 있고 인간의 수명은 점점 더 길어지고 있기 때문에 아직 기회가 있다고 많이들 얘기한다. 그렇지만 인생이 길다 하더라도 청춘을 제멋대로 낭비해 버릴 만큼은 아니다.

갈망하는 삶을 살고, 가치 있는 멋진 인생을 누리기 위해 중요한 것은 당신이 마지막에 무엇을 얻었느냐가 아니다. 당신이 계획을 따라 행동했는지, 그 과정에서 전력을 다했는지, 그에 합당한 대가를 치렀는지가 더 중요하다.

그것이 당신의 삶에 있어 도전이 될 수도, 타인의 비웃음을 살 수도, 이해받지 못할 수도, 가끔은 움츠러든 채 현실을 마주해야 할 수도 있다. 다만, 인생이 길다고 생각하여 움직이지 않고 가만히 있는 자신을 방관해선 안 된다.

대부분의 사람은 자신이 매일 어디로 가고 있는지 알고 있다. 그러나 원하는 곳을 향해 인생의 방향을 바꾸는 사람은 일부다. 보통은 눈앞의 길이 보이지 않을 때까지 기다리다가, 시간이 촉박해질 때까지 버티다가, 나중에서야 앞서 결단을 내리지 못한 것을 후회한다.

다행히 기회는 아직 남아 있다. 만약 당신의 마음속에 하고 싶은 일이 있다면 재빨리 첫걸음을 내딛어라. 가야 할 길이 아무리 험하다 해도 확신만 있다면 더 이상 주저하지 마라. 노력이란 과정만 제대로 있으면, 어떠한 결과도 태연히 받아들일 수 있다.

인생이 길든 짧든 낭비할 것은 아니다. 세상에 부딪히며 경험을 쌓아 가고, 뜨겁게 사랑하는 무언가를 위해 노력해야 후회가 없다. 생의 마지막에 다다랐을 때 자신에게 당당하게 말할 수 있으면 좋겠다. 이번 생은 헛살지 않았다고.

—

좋아하지 않는 삶을 애써 받아들이려 하지 마세요.

당신의 청춘은 그렇게 소비해 버려도 되는 것이 아닙니다.

원망해도 괜찮지만 같은 일로 오랫동안 원망해선 안 됩니다.

화를 내도 좋지만 같은 일로 계속 분노해선 안 됩니다.

그 자리를 떠나지 않고 현실을 마주해도 괜찮습니다.

그러나 한곳에 오래 머물러 있으면 안 됩니다.

현재가 만족스럽지 않다면 무언가를 하기 위해 노력하세요.

환경을 바꿀 수 없다면 먼저 본인을 바꾸려고 시도해 보세요.

당신의 인생이 다른 사람에게 휘둘려선 안 됩니다.

자신에게 기회를 주고자 하는 마음만 있다면 곧 알게 될 겁니다.

조금만 걸어 나가면 넓은 하늘과 땅이 당신을 기다리고 있다는 걸 말이죠.

앞으로
좋은 일만 있을 나에게

두 걸음
전진하기 위해
한 걸음 물러서기

책상은 굉장히 흥미로운 물건이다. 누군가 오랫동안 책상 앞에 앉아 어떤 일을 위해 노력하면 그의 인생은 변화의 단계에 놓인다. 중요한 시험을 준비할 때 책상은 수험생과 함께 많은 밤을 지새운다. 직장에서 책상은 야근자 옆에서 업무를 하나씩 해치우고, 승진을 위한 전쟁터가 될 때도 있다.

사람들은 고군분투하는 수많은 밤과 불확실한 결과가 가져오는 피로감 때문에 쉽게 자신을 의심하고 미래에 대한 막연함을 가진다. 인생의 갈림길 위에 서는 일이 익숙한 사람은 없다. 우리는 미래를 마주할 때 어떻게 올바른 선택을 해야 하는지 확신하지 못한다.

미지의 상황에서 용감하게 앞으로 나아가는 일은 어렵지만 불확실성은 우리가 더 많은 능력을 발휘할 수 있도록 돕는다. 우리는 방황 속에서 상황을 돌파하는 힘을 얻고 더 나은 자신을 발견할 수 있다.

방황이 끝난 후 지난날을 돌이켜 보면, 힘든 길을 걸어왔던 그때가 바로 성장했던 시간이라고 자신 있게 말할 수 있음도 바로 그 이유다. 어떤 이는 의문을 품는다.

'잘못된 선택이면 어떡하지?'
'끝까지 갔는데 출구가 없으면 어떡하지?'
'나의 노력이 물거품이 되면 어떡하지?'
'사람들이 날 비웃으면 어떡하지?'

사람들은 의문을 품으며 1초 전까지도 존재했던 열정을 잃어버리고 지금의 노력이 무의미하다고 말하기 시작한다. 의미 있는 인생은 어떤 순간에 갑자기 정해지는 게 아니다. 의미 있는 인생은 여러 시간이 끊임없이 교집합을 이루며 쌓여 만들어진 결과물이다.

인생의 가장 눈부신 날을 맞이하는 비법

오늘 무의미해 보이는 일이 미래에서 중요한 첫걸음이 될 수 있다. 당신은 언젠가 반드시 자신의 노력에 감사하게 될 거다.

주어진 일을 잘해 내는 건, 불확실한 미래를 마주하는 최고의 방법이다. 당신은 자신의 능력을 성장의 발판으로 삼아야 한다. 바로 답을 찾지 못할 수 있다. 하지만 어느 곳으로 가야 할지 몰라 방황하며 무기력함을 느끼는 것보단 늦더라도 해답을 찾는 편이 낫다.

노력은 내 숨통을 조이는 존재가 아니다. 적당한 스트레스는 당신을 더욱 강하게 만든다. 주어진 일을 해내는 과정에서 쉽게 포기하지 않는 방법을 터득하면, 당신의 모든 노력은 언젠간 당신의 실력으로 변해 있을 거다.

앞으로도 당신은 인생의 장애물을 만날 테고, 인생에 대한 피로감도 계속 느껴질 테다. 하지만 상관없다. 걱정할 필요도 없다. 인간은 기계가 아니다. 끝없이 노력하면 지치기 마련이다. 그땐 멈춰 서서 휴식을 취하거나 전진하는 속도를 느리게 하여 자신을 컨트롤하자.

자신의 한계를 돌파하려 할 때 많은 저항을 받거나 한 걸음 후퇴하게 될지 모른다. 하지만 후퇴는 도움닫기란 걸 잊지 마라.

포기하고 싶은 마음이 생기는 때야말로 고비를 넘길 수 있는지, 없는지를 시험할 수 있는 시기란 걸 반드시 명심해라. 가치 있는 일이면 버텨야 한다.

느리게 가도 좋으니 멈춰 서지 않고 나아갈 의지만 있다면, 넘지 못할 한계는 없다고 자신을 일깨워야 한다. 그때 당신은 성장의 기쁨을 맛볼 테고, 삶은 다시금 더 좋아지고, 목표는 더욱 뚜렷해질 것이다.

모든 일이 순조롭게 흘러간다면 인생이 힘들다고 투정하는 사람은 없을 거다. 인생이란 언제나 순탄치 않은 과정으로 우리의 마음을 시험하며 고민하게 만든다.

당신이 아무리 열심히 노력해도 인생의 괴로움은 커져 갈 것이다. 당신이 불행한 사람이라 괴로움이 커지는 건 아니다. 그냥 인생이란 게 그렇다. 명심하라. 역경을 뛰어넘을 준비가 된 자만이 더 큰 수확을 얻을 수 있다는 걸.

언젠간 당신은 포기하지 않은 자신에게, 현재를 열심히 살아준 자신에게 고마워하게 될 거다. 그때 당신은 꿈에 그리던 삶을 살고 있을 거다.

—

누구나 권태로울 때가 있습니다.

하지만 권태로움은 인생의 테스트입니다.

이를 통해 당신은 더 많은 걸 가질 준비가 돼 있고, 더 잘 시작할

준비가 돼 있는 사람임을 증명해 보일 수 있습니다.

사람의
마음을
얻는 비결

어울림에 대하여

좋은 사람 곁에
좋은 사람이
있다

우선 '끌어당김의 법칙'의 존재 여부는 배제하고 얘기하겠다.

사람은 살면서 끊임없이 새로운 것들을 마주친다. 그렇게 새로운 경험을 과거와 융합시키며 고유의 개성을 쌓아 간다. 그러니 많고 많은 사람 중 진정한 벗을 만나기란 얼마나 어려운 일인가.

우리가 타인에게 거는 기대뿐만 아니라 타인이 우리에게 거는 기대도 마찬가지다. 우리는 주파수가 같은 사람을 만나기를 바라고, 또 서로가 서로에게 '잘 맞는 그 사람'이길 희망한다.

세상엔 각양각색의 사람들이 있다. 대부분은 좋은 사람이지만 나쁜 사람도 많다. 그들이 당신의 감정을 상하게 할 때 당신의 마음속엔 그들의 나쁜 면을 탓하거나, 형편없는 행동을 원망하는 마음이 어느 정도 생기기 마련이다.

그러나 때론 상대방이 당신에게 그런 행동을 하는 게 아니라 당신이 그렇게 대하도록 허락해 주었을 수도 있다.

주변 사람들은 거울과 같다. 한 무리에서 특정 성향을 가진 사람이 많을수록 그 무리의 성향은 비슷하다. 야외 운동을 좋아하는 사람들은 다음엔 어딜 가면 좋을지를 얘기한다. 실내에서 조용히 쉬는 것을 좋아하는 사람들은 보통 앉아서 대화할 수 있는 공간을 찾는다.

같은 맥락으로, 불평불만을 싫어하는 사람들은 비교적 자주 서로를 격려하고, 남 탓하길 좋아하는 사람들은 이런저런 일에 대한 불만을 쏟아 놓는다. 타인의 험담을 듣고 싶은 사람은 험담하길 원하는 사람을 찾아가기 마련이다.

마찬가지로, 감정을 가지고 노는 사람은 사람을 진심으로 대하지 않는 사람을 만나기 쉽다. 옳고 그름은 없다. 좋아하는지 싫어하는지의 문제다.

당신이 당신의 절친한 친구와 비슷한 이유는, 당신이 그런 방식으로 타인을 대하는 자신의 모습을 좋아하기 때문이다. 당신이 타인에게 어떤 태도를 바란다면, 당신 스스로가 그런 태도에 걸 맞는 사람이 돼야 한다.

그래야 당신을 그런 방식으로 대하고자 하는 사람을 끌어당길 수 있다. 자신을 더 많이 신경 써야 다른 사람도 당신을 신경 쓴다. 먼저 나 자신을 존중하라, 그래야 다른 사람도 당신을 존중해야 한다는 걸 안다.

다시 말해, 당신이 자신의 꿈을 진지하게 대하지 않는다면 사람들도 당신의 꿈을 긍정적으로 대할 필요를 느끼지 못한다. 당신이 자신의 인생을 중요하게 여기지 않는다면, 다른 사람 역시 당신의 전부를 중요하게 생각할 필요가 없다고 느낄 것이다. 당신이 필요할 때 자신을 위해 목소리를 높이지 않는다면, 사람들은 당신의 목소리에 귀 기울이려 하지 않을 것이다.

당신이 타인에게 좋은 사람이 아니더라도 그들은 당신에게 변함없이 잘해 줄 수 있다. 그러나 만에 하나, 당신조차도 자신을 좋게 대해 줄 가치가 없다고 생각한다면, 사람들은 당신을 잘 대해 주지 않을 것이다. 이건 모두 상대적이다.

사람들이 당신에게 잘해 줄 때까지 기다리지 말고, 먼저 좋은 사람이 돼라. 자연스럽게 당신 주위에 좋은 사람들이 많아질 것이다.

사람과 사람의 어울림에 있어 스스로가 엉망이 되길 원하는 사람은 아무도 없다. 보통은 사람을 만날 때 함께 공감할 수 있는 주파수를 찾은 후에 서로가 성장할 수 있기를, 더 즐거울 수 있기를 희망한다. 혼자만 상대방의 비위를 맞추는 걸 바라는 사람은 없다.

누구도 타인에게 친절해야 할 의무는 없다. 호의 뒤엔 여러 가지 감정이 존재한다. 그것은 사랑이나 관심일 수 있고, 계속 지켜보기 힘든 기분일 수 있다. 다가가고 싶은 마음이거나, 관계가 더 좋은 쪽으로 발전하길 원하는 바람일 수도 있다. 그러니, 누군가가 당신에게 잘 대해 줄 때 당연하게 생각하지 마라.

상대에게 존중받고 싶다면 먼저 상대를 존중하라

우리는 자신이 되는 방법을 배워야 한다. 동시에 타인이 가진 가치만큼 그들을 존중할 줄 알아야 한다. 매사 타인이 당신의 비위를 맞춰 줘야 하는 게 아니다.

나의 규칙을 상대방에게 따르도록 강요할 순 없다. 나와 맞지 않는 사람을 만나면, 예의를 차려 그들을 존중해 주면 된다. 유난스럽게 아부할 필요도, 일부러 거리를 둘 필요도 없다.

다른 사람이 그를 배척하게 할 필요는 더더욱 없다. 당신이 원하지 않는 것은 다른 사람도 원치 않는다. 당신이 존중받길 바라면, 다른 사람도 그렇다. 당신이 떳떳하고 당당하다고 해도 다른 사람에게는 당연한 일이 아닐 수 있다.

원만함을 유지하는 것은 비위를 잘 맞춘다는 뜻이 아니다. 각기 다른 다양한 장소에서 자신의 몫을 잘해 낸다는 의미다. 당신이 타인의 공간을 배려한다면, 상대방 역시 일부러 당신을 찾아와 방해하지 않을 것이다.

앞뒤가 맞지 않는 사람이 여기저기 나타나 당신을 공격해도, 그와 맞붙어 시비를 가리며 화를 내지 않아도 된다. 그가 대체 왜 당신을 싫어하는지 머리를 싸매고 고민할 필요는 더더욱 없다.

당신이 적극적으로 선의를 베풀려 하는 것은 문제가 없다. 문제는 그들에게 타인의 호의는 안중에 없을 수 있다는 것이다.

우리 자신조차도 모든 사람을 좋아할 수 없지 않은가. 그러니 거리를 유지하며, 자신을 보호해 나가야 한다. 우리는 최소한 이런 방식으로 자신을 소모하지 않을 수 있다.

만약 누군가가 계속해서 당신을 등진다면, 당신도 그 사람에게 지속적으로 호의를 베풀 필요는 없다. 그리고 상대방이 계속해서 트집을 잡아 온다면, 무시할 줄도 알아야 한다. 무시는 가장 강력한 반격이 될 수 있다.

매우 복잡하게 들릴 수 있다. 사람이 사람으로 사는 게 이렇게 힘든 건 말이 안 되지 않는가. 그렇지만 사실 생각보다 간단하다.

열심히 자기 인생을 살면 된다. 마음에 드는 방식으로 하루하루를 살아 보고, 살면서 찾아오는 다양한 도전을 여유롭게 마주하다 보면, 자연스럽게 더 즐거운 사람이 돼 있을 것이다.

당신의 주변 역시 더 좋은 것들로 가득해질 것이다. 진심으로 매일을 살아가다 보면 비록 지금은 행운의 신이 당신에게 관심이 없다 할지라도, 미래의 당신이 반드시 보답해 올 것이다.

사람들은 인생이란 길 위에서 각자의 방향으로 나아간다. 모두 같은 방향으로 걷는 듯해도 각자 자기 집을 향해 걸어간다.

—

당신을 무시하는 사람에게 신경 쓴지 마세요.

당신을 신경 쓰는 사람들을 무시하지 마세요.

남에게 친절할 의무를 지고 태어난 사람은 없습니다.

일방적인 관심이 지속되면 그 관계는 오래가지 못합니다.

중요한 건 관심의 한도를 끝없이 소모하지 않는 것입니다.

관계를 지키는 한도마저 바닥나면, 상대방과 영영 이별해야 할지도 모릅니다.

앞으로
좋은 일만 있을 나에게

경청할 때
우리는
더 가까워질 수 있다

인생의 필수 과목을 선택할 수 있다면 '소통'을 리스트에 올리겠다. 생각해 보자. 우리는 평생 얼마나 많은 사람을 만나고 얼마나 많은 이와 얘기하는가? 소통의 비결을 터득한다면 우리네 인생은 틀림없이 더욱 즐거워질 거다.

'소통'이란 단어를 제시하면 대부분 말하는 기술을 떠올린다. 실제로 말하기 기술 또는 사람의 마음을 움직이는 방법, 사람을 즐겁게 하는 방법을 알려 주는 도서들이 시판되고 있다. 하지만 소통은 협상도 아니고 남이 나를 따라 같은 걸 믿도록 하는 설득도 아니다.

___5장
사람의 마음을 얻는 비결

소통이란 서로의 의견이 잘 통하도록 하는 것이다. 멋지게 포장한 말은 소통에 도움이 되지만, 소통의 핵심 포인트는 아니다.

경청은 소통을 더욱 순조롭게 만든다. 개인적으로 경청(傾聽)은 '경(傾, 기울 경)'이 핵심이라고 생각한다. '청(聽, 들을 청)'은 그다음의 일이다. 상대방의 관점에 귀 기울여 말을 듣는 건 경청에서 가장 중요한 일이다. 바꾸어 말하면, 경청이란 자신의 마음을 상대방에게 맡기고 말하는 사람의 시각에서 일을 보는 것을 의미한다.

사랑과 우정을 구분할 것 없이, 사람과 사람 사이엔 언제나 다툼이 일어날 수 있다. 상대방이 무슨 말을 하는지 모르는 건 아니지만, 대개 말이 잘 전해지지 않을까 봐 소중한 게 무시당할까 봐 걱정한다.

오랫동안 함께한 사람과도 성장 배경과 가치관이 다르기 때문에 생각이 일치하지 않는 부분이 존재한다. 이때 경청하면서 대화하는 방법을 배워야 서로의 다른 점을 이해할 수 있다.

경청은 당신이 상대방의 표면적인 말만 듣는 것이 아니라 상대방이 말하고자 하는 진짜 의미를 이해한다는 뜻이기도 하다

누군가 당신에게 피곤하다고 말한다면, 그는 자신이 얼마나 노력했는지 꿈을 위해 얼마나 버티고 있는지 당신이 알아주길 바라는 거다. 누군가 당신에게 지금 너무 행복하다고 말한다면, 그 소중한 시간에 당신을 초대하고 싶다는 뜻이다. 누군가 당신에게

어떤 일 때문에 화가 난다고 말한다면, 당신도 자신과 같은 생각 인지, 같은 생각이라면 든든한 전우가 돼 주길 바라는 거다.

매번 상대방의 마음을 추측해야 하는 관계는 오래가지 못한다. 서로에게 건강하고 도움이 되는 관계는 상대방의 말 한마디 한마디를 추측하기보다 상대방의 입장에서 생각하고 그 마음까지 헤아린다.

귀를 열면 달라지는 관계 그리고 인생

올바르게 말하는 것도 배움이 필요한 영역이다. 무심히 내뱉은 말 한마디가 종일 다른 이의 마음을 어지럽힐 수도 있다. 입을 열어 서로의 마음을 표현해야 할 때조차 침묵을 지킨다면, 시간이 흐른 뒤에 두 사람의 관계는 멀어질 수도 있다.

적절한 시기에 해야 할 말을 하는 것도 연습이 필요하다. 그 연습은 서로의 관계를 더욱 오래가게 유지하기 위함이지 서로의 비위를 맞추기 위한 것이면 안 된다.

듣기와 말하기 이외에, 소통에선 표정과 눈빛의 반응도 굉장히 중요하다. 많은 이가 경험해 봤으리라 생각한다. 상대방이 다른 일로 바쁘거나 같이 있는데 휴대 전화만 보고 있으면, 내게 관심이 없는 것 같아 내 얘기를 들었는지 확인하려고 괜히 했던 말을 한 번 더 하게 된다.

대화할 땐 눈빛과 표정을 잘 활용하여 상대방의 말에 호응해 줘야 한다는 걸 잊지 마라. 상대방에게 내가 얘기를 듣고 있음을 알리고, 그를 안심시켜야 한다. 정말 급하게 처리해야 할 일이 있다면, 상대방에게 지금 얘기를 듣기 곤란한 상황임을 알리고 당신의 말을 중요하게 생각하고 있다는 사실도 함께 알려라.

낯선 관계에서 가까운 관계가 되려면 서로 박자를 맞춰 나가야 한다. 경청은 우리가 서로를 이해할 수 있고 공감할 수 있도록 돕는다. 경청을 토대로 형성된 관계가 오래 지속되는 이유다.

—

"내 말 듣고 있어?"

이 말은 당신이 상대방의 말을 듣고 있는지 알고 싶은 게 아니라 서로의 마음이 어울리고 있는지 확인하려는 질문입니다.

결국
양보하는 사람이
이긴다

연인과의 사랑을 비롯한 모든 관계가 조금 더 깊이 발전하면, 말다툼은 감정의 밀접함을 시험하는 시험지가 된다. 상대방이 내게 중요한 사람이라고 느끼면 그에게 더 많은 기대를 걸게 된다. 그리고 나만 신경 써도 될 일을 상대방도 신경 써 주길 바란다.

우리는 모두 저마다의 환경에서 성장했기 때문에 생각의 차이가 일어날 수밖에 없고 의견 충돌 또한 피할 수 없다.

아주 보잘것없는 일처럼 보여도 의견 충돌이 일어났을 때 누군가 한걸음 물러서는 건, 서로가 다시 마음을 나눌 수 있는 관계인지 아닌지를 확인할 수 있는 중요한 포인트다. 주동적으로 상대에게 양보하는 모습을 통해 누가 더 상대방을 사랑하는지, 누가 더 상대방을 신경 쓰는지 알 수 있다.

모든 관계에서 한 걸음 뒤로 물러나는 사람이 있어야 오해가 풀리고 불화가 화합으로 변한다. 이는 큰 용기가 필요한 일이다.

당신이 머리끝까지 화가 났을지라도 상대방에게 먼저 머리를 숙여야 하고, 싸우면서 했던 말에 화가 나서 내뱉은 말이란 걸 인정하고, 냉정하지 못했던 자신의 모습을 해명해야 하기 때문이다. 언뜻 보면 양보하는 사람이 진 것처럼 보인다.

관계에서 졌다는 느낌을 받는 건 자신을 내려놓지 못했기 때문이다. 말다툼이나 의견 충돌은 의견 불일치를 뜻한다. 하지만 이때 자신의 과거가 남에게 부정당하는 감정을 느낄 수 있다. 지금까지 굳게 믿어 왔던 가치관을 낯선 사람에게 양보해야 하고, 남에게 이유 없는 모욕을 당한다. 이게 바로 싸운 후에 원망과 참회의 목소리가 마음속에서 끊이지 않는 이유다.

자신을 몰아세우지 않는 선에서 내려놓기

때때로 새로운 다툼은 과거의 관계에서 좋지 않은 경험을 떠올리게 만들고, 과거의 상처를 마음에 떠오르게 한다. 하여 새로운 관계에서 자신을 잘 보호해야 한다는 생각이 들어, 한 걸음조차 물러서고 싶지 않을 때가 있다.

당신이 반드시 한 걸음 물러서는 사람이 될 필요는 없다. 자신을 너무 몰아세우진 마라. 하지만 당신은 반드시 자신을 내려놓는 사람이 돼야 한다.

자신을 내려놓는 건 당신이 잘못했다는 뜻이 아니다. 더 이상 나쁜 감정에 자신을 발 묶지 않고, 좋지 않은 과거의 잔상으로 현재의 당신을 삼켜버리지 않는 것이다.

자신을 내려놓는 순간 관심의 초점은 누가 옳은지 그른지가 아니라 쌍방의 의견이 불일치하는 상황에서 어떻게 서로를 이해할지로 바뀐다.

관계에 이런 변화가 생기면, 먼저 화해의 손을 내밀어도 더는 싸움에서 진 사람이 되지 않는다. 더 좋은 관계를 만들어 나가자고 제안하는 쪽이 된다.

사람은 한평생 많은 사람을 만나고, 그들 속에서 서로를 만난다. 그렇게 알게 된 사람과 중요한 동업자가 되고, 친구가 되고, 연인이 된다. 행운의 신이 맺어 준 끈끈한 관계는 더욱 소중한 법이다.

다만, 두 사람이 아무리 익숙한 사이라고 해도 노력해야 서로를 이해할 수 있다. 단순한 친구 사이에서 서로를 아껴 주는 사이가 되기까지, 그냥 아는 사이에서 서로를 믿는 사이가 되기까지의 과정 속엔 상대방을 이해하려는 수많은 노력이 숨어 있다.

싸울 때 생긴 나쁜 감정이 자신을 덮어 버리게 두지 말고 그 감정을 처리하는 방법을 배워라. 자신을 신경 쓰고 있는 상대방의 따뜻함이 느껴질 거다.

화해의 손을 내민 건, 더 좋은 관계를 위함이다. 한 걸음 물러난 사람은 서로가 더 따뜻한 사이가 되길, 더 나은 관계로 발전하길 원하는 사람이다. 나아가 더 멋진 자신이 되길, 상대방과 더 멋진 미래를 향해 나아가길 바라는 사람이다.

물러설 줄 아는 사람이 더 나은 삶을 살아갈 수 있다.

—

상대방이 차가워지고 난 후에 부족한 게 무엇이었는지 뒤늦게 찾지 마세요.

상대방이 당신에게서 몸을 돌린 후에 고개를 들어 잡으려고 하지 마세요.

가족, 애인, 친구와의 사이에서 상대방을 소홀히 하는 건 언제나 경계해야 할 일입니다.

관계에 소홀했다는 걸 확실히 느낄 땐 이미 늦어 버린 경우가 많습니다.

아픔을 겪은 후에 중요한 게 무엇인지 깨달으면 한발 늦을지도

모릅니다.

지금부터라도 나를 응원해 주는 사람들을 아끼는 방법을 배워야

합니다.

_____ 5장
사람의 마음을 얻는 비결

소란한
주위로부터
자신을 지키는 연습

⋮

　인생엔 굳이 남과 비교하지 않아도 될 일이 많다. 인생 선배들
도 인생을 너무 재고 따질 필요는 없다고 말한다. 하지만 침묵이
지나치면 당신이 무얼 말하려 해도 사람들은 당신에게 관심을 두
지 않는다.

　직장에서 노력한 사람은 당신인데 노력하지 않은 사람이 당신
의 공을 빼앗는 것처럼, 특히 권익과 관련된 문제에선 시기적절
하게 따지고 드는 것도 필요하다.

　발전을 목적으로 사람들과 논쟁하며 누가 좋고 나쁜지, 누가
더 자격이 있는지를 일방적으로 따져서 승부를 가리다 보면 비교

의 동기는 변색된다. 더 좋은 모습을 위해 시작한 비교가 결국 반드시 누가 옳은지 그른지 가려 내는 수단으로 변해 버린다.

누군가 잘못을 하거나 어떤 일이 더 엉망으로 변하는 걸 보기 싫을 때가 있다. 그때 상대방이 호의를 받아들일 수 있는 사람이라면, 서로 잘못된 점을 일깨워 주며 함께 성장할 수 있다. 하지만 상대방이 지적받는 걸 싫어하는 사람이라면, 서로 거리를 두는 게 좋은 방법이다.

사람들이 삶을 배우고 발전하는 방법은 다 다르다. 타인의 경험을 거울삼아 자신의 잘못을 개선하려는 사람도 있고, 사고를 치고 난 다음에야 교훈을 얻고 반성하는 사람도 있다. 어떤 이는 모든 문제를 논리적으로만 따지려고 들고, 어떤 이는 자기 말이 무조건 다 옳다고만 주장한다. 하지만 여기서 누가 더 잘났다고 말할 수 없다. 그저 사람마다 다르게 살아왔을 뿐이다.

조언 듣는 걸 싫어하는 사람을 만나면, 상대방에게 어떻게 조언해 줘야 할지 고민하기보단 그 시간을 자신에게 투자하는 쪽으로 활용하는 편이 더 의미 있다.

남에게 보이는 성과가 당신의 것이라면 무조건 다른 이와 재고 따지며 쟁취해야 하지만, 나머지 부분에서 어떠한 이유로든 누군가가 자신보다 더 나은 삶을 산다고 생각하거나 하늘은 왜 이리도 불공평하냐며 인생의 매 순간을 타인과 비교한다면, 자신을 다치게 할 뿐이다.

인생의 행복은 얼마나 많은 돈을 버는지, 얼마나 자신을 치장하는지 등의 겉모습만으로 정의를 내릴 수 없다. 행복한지 아닌지는 당사자만 알 수 있다. 겉으로 보이는 행복이 진짜 행복이 아닐 수 있다. 행복의 기준은 사람마다 다르다. 어떤 사람이 말하는 행복이 누군가에게는 족쇄일 수도 있다.

하여 누가 더 잘 사는지를 비교하며 시간을 낭비하는 것보다, 어떻게 자신이 한층 더 발전할 수 있을지를 꼼꼼하게 계획하는 편이 낫다. 당신의 기분도 좋아지고 당신의 미래도 함께 좋아지는 일이다.

남이 뭐라고 하든 내가 괜찮으면 괜찮은 거다

남이 당신을 두고 이러쿵저러쿵 말한다고 해도 절대로 똑같이 싸우려고 하지 마라. 남이 어떤 말을 하고 어떤 생각을 하든 그 속은 알 길이 없다. 어떤 이는 당신이 실패하길 바라고, 어떤 이는 당신이 비웃음당하길 바라며, 어떤 이는 악의를 품고 당신을 바로잡으려 한다. 또 어떤 이는 일부러 기분 나쁜 말을 던지기도 한다.

이 모든 건 사람들 앞에서 당신을 난처하게 만들기 위함이다. 그들은 당신이 문제를 해결하는 게 아니라 당신이 감정을 소모하길 바란다.

나쁜 사람들의 나쁜 말과 행동은 받아들이기 힘들겠지만, 용기 내어 받아들여야 한다. 당신이 아무렇지 않다면 타인의 말과 생각은 절대로 당신의 내면세계를 바꿀 수 없다.

남이 내게 하는 말은 통제할 길이 없지만, 나 자신에게 하는 말은 통제할 수 있다. 자기 내면을 지킬 줄 알아야 가장 진실하고 가장 좋아하는 모습으로 자신의 세계를 지킬 수 있다.

다른 사람을 부러워하지 말고, 자신을 구속하지 마라. 나아가 남과 비교하느라 더 멋진 인생을 계획할 기회를 놓치지 마라. 모든 일에서 자신과 남을 비교하려 한다면, 세상 모든 것에 부족함만 느낄 것이다. 또 당신의 부족한 점을 확대하고 당신이 가지고 있는 것을 소홀히 여길 것이다.

모든 이의 일생은 소중하기에 삶을 잘 아껴야 한다. 누가 더 큰 집에 사는지, 누구 차가 더 신형인지, 누가 더 행복하게 지내는지를 따져 가며 자신이 상대방보다 낫다고 증명할 필요는 없다. 스스로 잘 지낸다고 생각하는 것이야말로 진짜 잘 지내는 거다.

모든 생각의 중심을 다시 자신에게 돌려 봐라. 더 이상 타인의 기준에서 자신에게 무엇이 부족한지 계산하지 말고, 누구의 행복이 진짜 행복인지도 따지지 마라.

　기억했으면 좋겠다. 일상을 행복하게 즐길 때 오늘의 행복으로 미래의 멋진 인생을 예약할 수 있다는 걸.

—

누가 더 좋은 사람인지, 누가 더 많은 걸 누리고 있는지, 누가 누구를 견제하고 있는지 비교하며 생각하는 건, 모두 걱정이 만들어 낸 결핍입니다.

평생 이것저것 따지고 비교하며 고민하는 데 인생을 낭비하지 말고, 현실을 바꿀 기회를 잡아 더 멋진 인생을 계획하는 데 시간을 투자하세요.

모든 일엔
끝이 있지만
우정엔 끝이 없다

우정은 가족애와 연인과의 사랑 외에 가장 묘한 감정이다. 오해, 말다툼, 걱정, 기대, 분노가 가족과 연인 사이에 사소하게 일어나는 것처럼, 우정에도 똑같은 감정이 일어난다.

업무적으로 동료 사이에 오해가 생겼을 땐 관계를 끊어 낼지, 관계를 유지할지는 스스로 가늠할 수 있다. 하지만 사적으로 사귄 친구 사이에 오해가 발생하면, 이미 많은 감정이 얽혀 있기에 서로에게 등을 돌리게 되는 경우가 생긴다.

가족은 당신을 끝없이 감싸 주지만, 친구는 당신의 가족이 아니다. 당신에게 끝없이 잘해 주는 친구는 세상에 없다. 누군가가 언제나 내 곁에 있을 거라고 장담할 수 없다.

피가 섞인 가족도 나를 떠날 수 있다. 피 한 방울 안 섞인 남남인 친구 사이는 두말할 필요가 없다. 이런 관점에서 우정을 생각하면 가끔 만나는 친구가 더 소중하게 느껴진다.

학교를 졸업하고 사회생활을 시작하면, 학창 시절의 친구들과 만나는 시간이 조금씩 줄어든다. 사회는 흐르는 냇물 같다. 바쁘게 산다는 이유로 나도 모르게 누군가의 존재를 잊어 버린다. 회사에 다니기 시작하면 주변 사람들은 소수가 된다.

오늘은 현실의 고민을 마주하고, 내일은 오늘과 똑같은 잡다한 일을 하며 계속 무력감을 느낀다. 한 달이 훌쩍 흘러가 버린다. 일 년도 소리 없이 지나가 버린다. 친구와 연락하는 횟수는 점차 줄어든다. 몇몇 사람은 벌써 내게 낯선 사람이 돼 버렸다.

인생을 함께 추억할 친구가 있다는 것

인생의 어느 시기든 지나가는 인연, 허물없는 사이가 될 인연이 우리를 기다리고 있다. 우리가 그들에게 할 수 있는 건, 눈앞에 있는 우정을 돈독하게 만들고 그 과정을 마음속에 소중히 간직하는 거다. 훗날 이때의 아름다운 추억을 함께 떠올릴 수 있다.

우리는 일생 동안 수많은 사람을 스쳐 지나가고, 만나고, 떠나보낸다. 낯선 이와 친구가 되는 건 엄청난 우연의 일치다. 처음엔 저마다 먼 곳에서 출발하지만 타이밍이 맞아 조금씩 서로에게 가까워진다. 그렇게 만난 사람들과 인연이 닿아 친구가 되고, 인생의 길을 함께 걸어간다.

오랫동안 함께 지내 온 친구와 헤어져야 할 때도 있다. 친구가 나와는 다른 인생의 단계에 접어들 때가 그렇다. 결혼을 하거나 새로운 곳으로 이사 가는 것을 예로 들 수 있겠다.

생활 반경이 달라지고 공감할 수 있는 일상이 줄어들기 시작한다. 친구와 더 이상 모든 걸 함께 공감할 수 없다는 걸 깨닫고 슬퍼진다.

이별은 앞으로 연락을 계속 유지해 나가는 게 아니라, 나와 상대방 사이에 일정한 거리가 존재한다는 걸 받아들이는 일일지도 모른다. 이별은 언젠간 일어날 일이다, 영원한 헤어짐이 아니다.

두 사람은 훗날 훨씬 멋진 모습으로 다시 만날 것이고, 더 많은 즐거움을 나눌 것이다. 그동안 겪은 인생의 갖은 고초를 나누다 보면 한결 편안한 마음으로 웃으며 친구에게 한마디 건넬 수 있을 거다.

"너 정말 그대로다."

만남이 있으면 헤어짐도 있는 법이다. 결국 다시 각자의 길을 걸어가야겠지만, 축복하는 마음으로 친구에게 이별 인사를 건네며 다음 만남을 기약하라. 우정은 묘하다. 그래서 자꾸 돌이켜 봐야 한다.

나는 모든 일엔 끝이 있지만, 우정엔 완전한 끝이 없다고 생각한다. 가끔 서로에게 익숙했던 모습으로 돌아가 즐거웠던 추억 속에서 사는 것, 그게 바로 우정이다.

—

당신이 행복할 때 과거에 당신과 함께 울었던 사람을 잊지 마세요.
당신이 성공했을 때 과거에 당신과 함께 고생했던 사람을 잊지 마세요.
몇몇 사람은 당신이 잘나갈 때만 당신의 옆을 지키려고 합니다.
하지만 우리가 진정으로 아껴야 할 존재는 힘든 시기에도 곁을 지켜 주는 사람입니다.

친구가 많은 건 중요하지 않습니다.
인생에서 많은 친구는 필요하지 않습니다.

당신이 잘나가든 그렇지 않든 한결같이 당신 곁을 지켜 주는 친구가 있다면, 그걸로 충분합니다.

___ 5장
사람의 마음을 얻는 비결

침묵을
지키는 편이
나을 때가 많다

침묵은 종종 본인의 주관이 없고 생각을 표현할 용기가 없는 행위로 여겨진다. 때로 침묵은 어떤 상황을 압박하는 '소리'로 작용한다.

우리는 어떤 사람이 사실과 다른 말을 하더라도 사실을 바로잡기 어려운 상황임을 깨달을 때, 침묵을 통해 상대방을 배려하곤 한다. 겉으론 예의를 지키느라 침묵하지만 속은 꽤나 시끄러울 거다. 그래도 그 자리에서 남의 거짓을 까발리는 것보단 훨씬 평온한 선택이다.

체면은 겉모습일 뿐이지만 누구나 지켜야 할 자신만의 입장이

란 게 있다. 제삼자에게 누군가의 잘못을 지적하거나 남의 거짓
말을 들춰 낸다고 해서, 상황이 반드시 좋은 쪽으로 흘러가진 않
는다.

세상엔 많고 많은 사람이 있다. 겉과 속이 다른 사람을 한번쯤
만나기 마련이다. 그들은 자리에 없는 사람의 기분을 상하게 만
드는 말만 하고, 스스로 좋은 사람인양 다른 사람들에게 관심 있
는 척한다. 한두 번 정도는 남을 속일 수 있을지 몰라도, 세상은
절대로 그들이 원하는 방향으로 흘러가지 않는다.

누군가의 못된 행동에 상처받아도 그들이 딱히 반격하지 않는
건 모두가 평화롭게 지내길 바라기 때문이고, 노력으로 자신을
증명하면 그만이라고 생각하기 때문이다.

스스로 남의 욕을 잘한다고 증명해 보이고 싶은 사람은 아마
없을 거다. 설사 타인을 험담하는 비열한 행동을 저지하는 사람
이 주변에 없다고 해도, 자리에 있는 사람들이 그 사실을 모르는
건 아니다.

사실이 아닌 말을 들었을 때 당신까지 진흙탕 싸움에 휘말릴
필요는 없다. 상대방의 행동을 못 본 척했다고, 싸울 용기가 없는
건 아니다. 그들은 남에게 피해를 준 사람은 반드시 자신의 행동
에 책임을 져야 하고, 언젠간 그가 자신의 행동에서 교훈을 얻게
될 것을 알기에 가만히 있는 거다.

급하게 무언가를 해명하려고 할 때가 있다. 타인에게 비친 자신의 모습을 중시하기 때문이다. 자신의 사소한 잘못 하나 때문에 인간관계에 문제가 생겨 사람들의 입에 오르내리는 대상이 되는 게 두려운 거다.

당신이 무얼 하는지 당신이 얼마나 최선을 다해 노력하는지 아는 사람은 보통 자신 또한 매사에 최선을 다하는 사람이다. 그들은 말하지 않아도 당신을 이해할 수 있다.

유언비어를 통해 당신을 알게 된 사람은 많은 시간을 남에게 할애하고 막상 자신은 제대로 돌보지 못한다. 때문에 당신을 다 이해하지 못한다.

누군가 당신을 끊임없이 귀찮게 한다면, 그가 갖지 못한 게 당신에게 있을 확률이 높다. 그는 당신에겐 있고 자신에겐 없는 무언가를 포기할 수 없어 당신을 자꾸 끌어내리고 싶어 한다.

서로의 입장을 이해하기 전까진 말을 아껴야 한다

누군가와 어울릴 때 칭찬을 많이 하면, 절대로 일을 망칠 리 없다. 칭찬은 서로가 서로에게 마음을 털어놓는 행위를 촉진하고

앞으로
좋은 일만 있을 나에게

동시에 기분 좋게 만든다.

진심을 출발점으로 삼고 상대방이 어떤 일을 잘해 냈을 때 그 사실을 상대방에게 알려 주면, 당신이 하는 모든 말은 칭찬받는 사람의 기분을 종일 좋게 만들 수 있다. 그리고 당신도 일상 속에 있는 좋은 것에 초점을 맞출 수 있다.

상대방에게 내 의견을 말하고 싶을 때 약간의 평가가 들어간 의견이라면, 한번 생각하고 말하도록 하자. 말하기 전엔 더욱더 상대방이 당신의 생각에 동의하는지, 당신이 상대방을 진심으로 대한다는 사실을 아는지 확인해야 한다.

사람들은 당신의 말을 경고로 받아들인다. 당신에 대한 신뢰가 없는 사람은 우선 당신의 말을 의심하고 본다. 당신이 호의를 베풀더라도 공격으로 받아들이는 경우가 있으니, 누군가에게 당신의 생각을 말할 땐 조심해야 한다.

나와 관련되지 않은 일엔 입을 다무는 게 가장 좋다. 적당한 타이밍에 침묵을 지키는 것과 아무 말도 하지 않는 건 완전히 다른 의미다. 할 말을 바로 하는 것과 눈치 없이 막말을 하는 것도 완전히 다른 개념이다.

자신의 약점이 사람들의 입에 오르내리는 걸 바라는 사람은 없다. 당신도 언제 다른 사람의 아킬레스건을 건드릴지 모르고, 모든 사람이 냉정하게 조언을 받아들일 정도로 이성적이지 않다.

서로의 입장을 진심으로 이해한다고 확신하기 전까진 상대방을 안 좋게 볼 수 있는 오해의 소지가 있는 말은 삼켜 버려야 한다. 괜한 말을 해서 당신이 상대에게 상처를 준다고 오해받는 것보다 침묵을 지키는 편이 훨씬 낫다.

당신을 이해하는 사람은 당신의 모든 행동이 호의에서 비롯된 것이라고 생각한다. 당신을 미워하는 사람은 당신이 가만히 있어도 악의를 품고 있다고 생각한다.

적절할 때 침묵을 선택하는 건, 당신이 아무 말도 하지 않고 가만히 있겠다는 걸 의미하지 않는다. 말하지 않아도 당신을 이해하는 사람은 당신의 침묵을 이해하고, 당신을 신경 쓰는 사람은 진심으로 당신의 마음을 헤아린다.

우리는 인간관계를 유지해야 한다. 하지만 원만한 인간관계를 유지하고 모든 사람이 당신을 좋아하게 만드는 건 별개의 일이다. 모든 이를 좋아하는 건 피곤한 일이다. 모든 이를 좋아하려다 지쳐 자신을 사랑하지 못할 수 있다.

당신이 신경 써야 할 사람들은 따로 있다. 모든 사람을 당신의 편으로 만들기 위해 시간을 쏟기보다, 신경 써야 할 사람들에게 시간을 쏟는 편이 더 유익하다.

마음을 나눌 친구는 많지 않아도 된다. 그 수가 적어도 당신을 이해하는 사람이 있다면, 그걸로 충분하다.

—

어른들은 상대방의 말을 잘 듣고 싶어 하지 않습니다.

또 모든 일을 호의로 받아들이지 않습니다.

괜한 말을 한다며 상대방을 외면하기도 합니다.

상황을 꿰뚫어 보되 말하지 않는 방법을 배우세요.

입을 닫으란 게 아니라 마음속에 담아 두란 뜻입니다.

그리고 그 말들과 모든 사실을 시간에 흘려보내세요.

타인의 말로
그날의 기분을
망치지 마라

⋮

나는 사람과 사람이 어울리는 건 어려운 일이 아니라고 생각한다. 하지만 어떤 무리의 구성원들이 사이좋게 지내고 서로를 존중하는 걸 관계의 출발점으로 삼는 건 어렵다고 생각한다.

사람마다 생각이 조금씩 다르다. 똑같은 말을 열 명에게 들려주면 다 다르게 해석한다. 다른 방식으로 표현하면 해석은 더 다양해질 거다.

우리 주변의 몇몇 사람은, 실수든 고의든 비꼬는 말투로 대화하길 좋아한다. 다른 사람의 말이 끝나면 그 뒤에 "그게 뭐 별거야"라고 꼭 한마디씩 덧붙인다. 심지어 상처를 줘 놓고 속으론 약해 빠져 별거 아닌 말에 상처를 받는다고 생각할지도 모른다.

이 모든 건 그들이 남에게 비교당하고 싶지 않아 허세를 부리는 것일 수 있다. 남보다 부족한 자신을 가리기 위해 위장하는 거다. 아주 재밌게도 그들은 스스로를 무리의 주요 인물이라고 생각하고, 나서서 말하기를 좋아한다.

그들이 하는 말이 듣기 싫고 터무니없어도, 그들에게 화낼 필요는 없다. 화내지 않는 자신을 답답해하지 않아도 된다. 남이 무슨 말을 하든 중요하지 않다. 당신이 어떤 말을 마음에 담아 두는지가 중요하다. 누군가가 당신을 헐뜯는 건 굉장히 성가신 일이지만, 당신은 자신의 목소리로 그 성가심을 덮어 버릴 수 있다.

우리는 남의 말 한마디에 오랫동안 괴로워하느라, 다시 자신을 행복하게 만들 수 있는 말들을 잊어버린다. 다른 사람의 말에만 귀 기울이면, 자기변명을 늘어놓기에 바쁘고 자신의 인생을 제대로 이끌어 나가지 못하게 된다.

아무리 마음이 강한 사람이라도, 타인의 말 한마디 때문에 몇 날 밤을 뜬눈으로 지새운다. 여기서 중요한 건, 그 말들이 당신에게 얼마나 큰 상처를 줬는지 신경 쓰기보다 그 말들이 마음속에서 되새길 만한 가치가 있는지 확인해야 한다는 것이다.

당신이 가고 싶은 길과 당신이 원하는 인생은 누군가가 이미 오랫동안 그려 왔던 세상일 수 있다. 때문에 당신이 온갖 역경을 딛고 앞으로 나아갈 때 당신은 누군가의 눈엣가시 같은 존재가 될 수 있다. 억울하지만 인생이 그렇다.

나를 희생하면서까지 타인을 위해 애쓰지 않기

누군가의 비위를 맞추기 위해 멈춰 설 필요는 없다. 어차피 이 세상엔 신경 써야 할 것들이 넘쳐 난다.

끊임없이 자신을 믿는 건 어려운 일이다. 하지만 세상이 아무리 복잡해져도 별생각 없이 자신을 믿을 수 있어야 세상을 살아갈 힘이 생긴다.

명심하라. 스스로 좋아할 만한 모습의 멋진 사람이 되려고 노력하는 게 인생의 즐거움을 가져오는 가장 확실한 방법이다. 타인의 비난에 원래 모습을 잃어버리면, 비난이 마음속 한자리를 차지하게 되고 좋은 것들을 마음에 담을 수 없게 된다.

화자의 말 한마디가 파급력을 결정하는 경우는 매우 드물다. 말의 파급력은 청자에 의해 결정된다. 듣는 이가 말에 쉽게 영향을 받는다면, 자신의 노력이 타인에 의해 왜곡되는 걸 싫어하거나, 남들이 자신을 어떻게 생각하는지를 너무 신경 쓰거나, 자신이 어떤 사람인지를 잘 모르는 사람일 수 있다.

당신이 무엇을 위해 노력하고 있는지 스스로 깨달으면 깨달을수록, 사람들의 험담이나 비난과 관계에서 자유로울 수 있다.

다른 사람의 말 한마디에 당신의 하루를 버리지 마라. 그들에게 당신, 그리고 당신처럼 열심히 사는 사람들을 공격할 자양분을 제공하지 마라. 나쁜 사람들의 행동을 막을 필요는 없다. 하지만 그들의 나쁜 행동에 휘둘리는 자신을 막을 필요는 있다.

당신이 온갖 조롱을 받으면서도 꿈쩍하지 않고 뒤돌아보지 않은 채 앞을 향해 돌진한다면, 그들은 똑똑히 알게 될 거다. 본인들이 생각했던 즐거움은, 당신의 인생에서 스쳐 지나가는 것에 불과했다는 걸, 오히려 그들의 즐거움이 당신을 더욱 강하게 만든 힘이 됐다는 걸 말이다.

—

당신을 비난하는 말 한마디에 종일 괴로워하지 마세요.

너무 괴로워하다 보면 반평생을 괴로움 속에서 살아갈 가능성이 큽니다.

내가
동쪽을 외치면
서쪽을 외치는 사람에게

유독 남들과 반대로 나가려는 사람이 있다. 그는 당신이 동쪽으로 가는 게 좋다고 하면 곧 죽어도 서쪽으로 가는 게 확실하다고 한다. 사람들이 새로운 방법을 제시할 때, 그는 한사코 당신이 세심하게 생각하지 못했다며 당신을 공격한다. 아마도 그는 당신의 모든 것이 잘못됐다고 생각할지도 모른다.

만약 상대방이 스쳐 지나갈 인연이라면 조금만 참으면 될 일이다. 하지만 살다 보면 매일 마주쳐야 하는 사람도 있고, 인생의 어떤 시기에 잠시도 떨어질 수 없는 사람도 있다.

대개 피곤함을 유발하는 사람들은 단순히 자신의 의견을 말하면서 옳고 그름을 따지려 한다. 이런 유형의 사람들은 운이 좋으면, 쌍방의 분위기가 심각하지 않으면 이성적으로 의견을 주고받는 일이 가능하다.

하지만 온몸이 적의로 가득 찬 사람들이 있다. 남이 새로운 의견을 낼 때면 예외 없이 부정적인 시각으로 질문부터 시작하고, 남의 의견은 모두 현실성이 없다고 생각한다. 이런 유형의 사람은 대개 마음의 안정이 부족하다. 그래서 늘 부정적인 시각과 의심의 눈초리로 남이 자신의 것을 빼앗지 못하도록 경계한다.

상대방의 반응에 따라 흥분하며 괜한 논쟁을 펼치지 않아도 된다. 하지만 관점에 차이가 생겼을 때, 스스로 도량이 넓은 사람이고 싶어 상대방의 생각을 완전히 이해하지 못한 상태에서 하고 싶은 말은 마음속에 담아 둔 채 싸우지 않기 위해 노력하다 보면, 노력한 사람만 상처받게 된다.

상대방을 배려하고자 베푼 친절함은 오히려 상대방을 더 날뛰게 만드는 촉매가 되어 죽일 기세로 달려들게 할 뿐이다.

상대방과 충돌하지 않는다는 건, 당신이 저자세로 상대방에게 무조건 양보하는 게 아니라 상대방과 약간의 거리를 유지하며 자신에게 여유를 즐길 수 있는 공백을 만들어 주는 것이다. 이 사실을 꼭 기억하면 좋겠다.

호의를 베풀려는 마음을 거두고 마음의 평화를 찾아라

악의가 느껴지는 비난을 받으면 반드시 영향을 받을 수밖에 없다. 하지만 비난을 곱씹으며 그 생각에 매몰되면, 좋은 삶을 누리고 살아갈 권리를 잃어버리게 된다.

수많은 좋은 일이 미래에서 우리를 기다리고 있다. 우리는 자신과 관계없는 일로 고민할 시간이 없다. 신경 쓸 가치도 없는 사람에게 당신의 시간을 소비하는 건 실로 엄청난 낭비다.

그들의 행동이 눈 뜨고 볼 수 없는 지경이라도, 짚고 넘어가는 것보다 놓아 버리는 게 낫다. 그들을 내려놓아야 당신의 에너지를 당신에게 도움이 되는 곳에 쓸 수 있고, 인생의 초점을 다시 올바른 방향으로 되돌려서 인생에 더 집중할 수 있다.

당신이 열심히 살기 때문에 성가신 일을 보면 화가 나는 걸 안다. 하지만 싸워 승부를 가리기 전에 잠시 멈춰 생각해 보자. 사람을 분노하게 하는 상대방의 말은 정말 신경 쓸 가치가 있는가? 그런 말을 내뱉는 사람은 정말 신경 쓸 가치가 있는가?

이성적인 대화는 상대방에 대한 호의다. 하지만 말이 통하지 않는 사람에게 계속해서 호의를 베풀 필요는 없다. 호의를 베풀려는 마음을 거두고 마음의 평화를 찾아라.

수많은 사람과 공존해 나가는 오늘날의 사회에서 사람들은 자기 생각을 자유롭게 말할 권리가 있다. 그래서 악의가 담긴 비난이 많아지고, 누구든 비난받을 수 있는 상황도 당연해진다. 이를 해결하는 유일한 방법은 나쁜 말들로부터 자신의 마음을 단절시키는 거다.

당신에겐 외부 세계가 아무리 혼란스러워도 내면세계를 외부로부터 방해받지 않게 만드는 힘이 있다. 듣기 싫은 말, 질 낮은 행동, 짜증나는 따짐은 당신의 허락이 없으면 당신의 마음속으로 들어갈 수 없다.

세상을 살다 보면 나쁜 일을 겪게 돼 괴로울 때가 많다. 하지만 그 일 때문에 당신의 삶을 멈추지 마라. 시간이 흐르면 나쁜 일은 점점 더 희미해질 거다. 힘든 일 때문에 지나치게 괴로워하는 건 헛수고다.

인생의 문제를 걱정하고, 일이 잘 안 풀리고, 일진이 사납다고 느끼는 건 지극히 정상이다. 가끔 인생이 휘두르는 주먹의 매운맛을 봐도 괜찮다. 하지만 아파도 될 만한 일과 미래와 사람을 위해 아파해야 한다.

당신과 싸우려는 사람 때문에 괴로워할 필요 없다. 상대방이 당신을 왜 미워하는지 알고 싶어 시간을 할애하더라도, 신경을 곤두세워 원인을 찾으려고 노력하더라도, 답을 찾지 못할 것이다. 답을 찾았다고 할지라도 그는 다시 새로운 이유를 만들어 당신의 행복을 막으려 할 거다.

매번 당신의 에너지를 빼앗으려는 사람들과 싸우려 하지 말고, 에너지를 쏟아도 될 만한 가치가 있는 곳에 에너지를 쏟아라.

나쁜 사람들과의 싸움에서 이기든 지든 당신은 검은 기운에 휩싸여 엉망이 될 거다. 검은 기운에 휩싸이다 못해 거울 속에 비친 자신도 알아보지 못할 정도로 변해 버릴 거다. 싸움이 끝난 후에 그 어둠을 지우려고 애를 써도 자신만 아플 뿐이다.

그들의 세상은 당신과 무관하다. 그들과 똑같은 방법으로 반격하려 한다면, 더 많은 나쁜 일이 당신의 마음을 둘러쌀 것이다.

명심해라. 당신을 공격하는 이들의 생각이 당신의 행동을 좌우하게 두지 마라. 그들의 비난이 당신의 아픔이 되게 두지 마라. 인생 최고의 안내자는 타인의 조언이 아니라 자신의 마음이다.

—

당신이 종일 웃으면, 어떤 이는 당신이 실없다고 말할 겁니다.

당신이 웃지 않으면, 어떤 이는 당신과 친해지기 어렵다고 말할 겁니다.

당신이 솔직하게 말하면, 어떤 이는 자기 체면을 세워 주지 않는다며 당신을 원망할 겁니다.

앞으로
좋은 일만 있을 나에게

당신이 자기 생각을 마음속에 담아 두면, 어떤 이는 당신이 주관 없는 사람이라고 말할 겁니다.

우리네 삶이 그렇습니다.

당신이 어떤 사람이 되더라도 그렇게 되지 않길 바라는 사람들이 늘 있기 마련입니다.

원하는 대로 산다고 해서 사람들의 의견을 무시해선 안 됩니다.

하지만 사람들이 당신을 판단하는 대로 살아가서도 안 됩니다.

잊지 마세요.

사람들이 내리는 판단은 당신과 무관합니다.

당신의 미래를 결정할 수 있는 사람은 오직 당신뿐입니다.

현재의 나쁜 일은 지나가고
앞으로 좋은 일만 있을 나에게

1판 1쇄 2020년 6월 10일
1판 4쇄 2021년 2월 15일

지은이 아이얼원
옮긴이 이보라
펴낸이 유경민 노종한
기획마케팅 정세림 금슬기 최지원 현나래
기획편집 1팀 이현정 임지연 **2팀** 김형욱 박익비 **라이프팀** 박지혜
책임편집 박익비
디자인 남다희 홍진기
펴낸곳 유노북스
등록번호 제2015-000010호
주소 서울시 마포구 월드컵로20길 5, 4층
전화 02-323-7763 **팩스** 02-323-7764 **이메일** uknowbooks@naver.com

ISBN 979-11-90826-03-7 (03820)